瑞蘭國際

瑞蘭國際

瑞蘭國際

瑞蘭國際

韓國導遊教你的
旅遊萬用句

金佳圓　著

최근 한류의 열풍으로 한국의 대중문화를 비롯해 전통문화에 관심이 많아지면서 한국어 학습, 문화체험, 여행 등 다양한 목적을 위해 한국을 방문하는 대만 친구들도 점점 증가하고 있는 추세입니다. 서울의 경복궁, 명동, 동대문 등의 유명한 관광지는 물론 서울 근교의 도시 혹은 부산과 제주도 등지 역시 관광객들이 자주 찾는 명소로 자리잡았습니다. 요즘은 한국의 숨은 명소와 맛집을 찾는 사람들도 많아지면서 한국 구석구석을 돌며 여행하는 관광객을 심심찮게 볼 수 있습니다. 한국의 멋과 맛을 즐기는 것도 좋지만 한국 여행 중에 만난 한국의 아주머니, 아저씨와 함께, 혹은 젊은 언니, 오빠와 한국어로 대화를 나눌 수 있다면 좀더 가까이에서 한국을 느낄 수 있지 않을까요? 상상만으로도 재미나고 즐겁지 않으세요?

이 책은 한국을 찾는 대만 친구들이 한국에 도착하자마자 바로 쓸 수 있는 여행 필수 용어와 실용 회화로 구성되어 있습니다. 이 책을 통해 간단한 의사소통부터 물건사기, 식당에서 주문하기, 교통편 이용하기 등을 배울 수 있어 한국 여행을 준비 하는 사람은 물론, 한국 출장을 준비하는 회사원, 실용 한국어를 배우고 싶어하는 학습자 등에게 유용한 책이 될 것입니다.

누구나 한 번쯤은 간단한 의사소통으로도 서로가 친구가 되고 여행이 한층 더 즐거워졌던 경험을 해 보셨을 겁니다. 가까운 나라, 한국에서 새로운 친구도 사귀고 서울을 비롯해 한국 드라마 촬영지, 한국예능프로그램 촬영지, 유명한 관광지나 숨은 여행지를 돌아보며 한국의 재발견을 하실 수 있었으면 좋겠습니다.

앞으로도 계속해서 대만과 한국 사람들이 서로 자주 만나 돈독한 우정도 쌓고 함께 즐거운 여행의 추억을 만들어 나가시길 바랍니다.

김사원

　　近年來因韓流熱潮，從韓國的大眾文化到傳統文化越來越受到重視，為了學習韓語、文化體驗、旅行等目的而訪問韓國的台灣朋友們，有逐漸增加的趨勢。首爾的景福宮、明洞、東大門等著名的觀光景點，當然還有首爾近郊的城市，或是釜山及濟州島等地，也都是觀光客們經常造訪的景點。最近尋找韓國隱藏版景點與美食店的人不僅變多了，還能時常看到探訪韓國每個角落的觀光客們。享受韓國的風采與滋味固然很好，但在韓國旅途中若能用韓語和遇見的韓國大嬸、大叔或是年輕的姐姐、哥哥們對話，那不是更有拉近距離的感覺嗎？光是想像就覺得很有趣吧？

　　本書準備了讓台灣朋友們到韓國就能馬上使用的旅遊必備單字及實用會話。透過本書，可以從簡單的溝通開始學習，到購買東西、在餐廳點單、搭乘交通工具等一應俱全。準備到韓國旅行的人，當然還有準備到韓國出差的上班族，或是

想學習實用韓語的學習者，本書絕對能帶給各位讀者莫大的幫助。

　　不管是誰，若能經由一次簡單的溝通而成為朋友，必能讓旅途添加一個有趣的經驗。能在韓國這麼鄰近的國家結交新朋友，又或以首爾為例，若能經由參觀韓國電視劇的拍攝景點、韓國綜藝節目的拍攝地、著名的觀光景點或是隱藏版的旅行地，進而再一次發現韓國的話，那真是太好了！

　　最後並期盼往後台灣與韓國人經常往來，繼續累積更深厚的友誼，一起享受旅行美好的回憶。

金佳圓
中文翻譯｜潘治婷

如何
使用本書

★ STEP 1

在韓國旅遊時，你可以這樣使用萬用字與萬用句

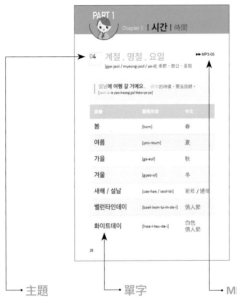

主題

配合4大類，31
個小主題，認
識旅遊必學的
基本萬用字！

單字

依照分類，精
選最實用的相
關單字！

MP3序號

作者親錄，配合
MP3學習，你也可
以說出一口漂亮又
自然的韓語！

場景

運用8大類、50個場景，讓你迅速學會各種地點、狀況、場合的旅遊萬用句！

羅馬拼音

全書韓語皆附上羅馬拼音，只要跟著念念看，你也可以變成韓語達人！

★ STEP 2
在前往韓國之前，您可以先這樣認識韓國

> ✦ 韓國的行政區區域地圖
>
> 　　韓國的行政區可劃分為 1 個特別市（特別市）、1
> 個特別自治市（特別自治市）、6 個廣域市（廣域市）、
> 8 個道（道）以及 1 個特別自治道（特別自治道）。一
> 級行政區域為「廣域自治團體」（廣域自治團體），共
> 有 17 個；廣域自治團體以下則為二級行政區，稱為「基
> 礎自治團體」（基礎自治團體），包含了 73 個自治市
> （自治市）、86 個郡（郡）、69 個自治區（自治區）。
> 基礎自治團體之下還可分為面（面）、邑（邑）、洞
> （洞）；之後再分為里（里）、統（統）以及最基層的
> 班（班）。
>
> ……………………………………
>
> **1 個特別自治市**
> 서울특별시 **首爾特別市（京畿道）**
>
> 　　韓國的首都，正式的名稱為首爾特別市，在 2005
> 年以前舊名為「漢城」。首爾的位置最早為史前時代
> 的「真番國」，公元前 18 年，朝鮮三國時期的「百濟」
> 首先定都於此地，之後成為高麗王朝的南京。1394 年，
> 朝鮮國王李成桂遷都漢陽並將之改名為漢城。第二次
> 世界大戰之後至亞洲金融危機，首爾經濟快速復甦和
> 發展，一度創造了「漢江奇蹟」，並出現了三星、現
>
> 301

導遊為你準備的旅遊指南

特別準備「韓國的行政區」、「韓國的節日」説明，並附上駐
韓國台北代表處及如何撥打台灣電話等資訊，讓你玩得安心！
還貼心附上首爾、釜山、大邱地鐵圖，讓你一個人在韓國享受
放鬆之旅也不是難事喔！

CONTENTS
目次

CONTENTS
目次

CONTENTS
目次

PART 1

導遊教你的
旅遊萬用字

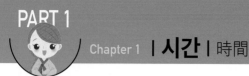

01 연 (년)

▶▶ MP3-02

[yeon / nyeon] 年

| 일 년 **전에 한국에 와봤어요 .** 一年前來過韓國。
[il-lyeon jeo-ne han-gu-ge wa-bwa-sseo-yo]

語彙	羅馬拼音	中文
일 년	[il lyeon]	一年
이 년	[i nyeon]	二年
삼 년	[sam nyeon]	三年
사 년	[sa nyeon]	四年
오 년	[o nyeon]	五年
육 년	[yung nyeon]	六年
칠 년	[chil lyeon]	七年

팔 년	[pal lyeon]	八年
구 년	[gu nyeon]	九年
십 년	[sim nyeon]	十年
십일 년	[si bil-lyeon]	十一年
십오 년	[si bo-nyeon]	十五年
이십 년	[i sim-nyeon]	二十年
오십 년	[o sim-nyeon]	五十年
백 년	[baeng nyeon]	一百年
몇 년	[myeon nyeon]	幾年

02 월

▶▶ MP3-03

[wol] 月

일월에 많이 추워요? 一月的時候，很冷嗎？
[i-rwo-re ma-ni chu-wo-yo]

語彙	羅馬拼音	中文
일월	[i-rwol]	一月
이월	[i-wol]	二月
삼월	[sa-mwol]	三月
사월	[sa-wol]	四月
유월	[o-wol]	五月
유월	[yu-wol]	六月
칠월	[chi-rwol]	七月

십일월	[si-bi-rwol]	十一月
십이월	[si-bi-wol]	十二月
몇 월	[myeo dwol]	幾月

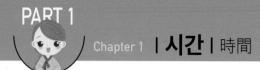

03 일
[il] 日

▶▶ MP3-04

> **저의 생일은 칠월 육일입니다 .** 我的生日是七月六日。
> [jeo-e saeng-i-reun chi-rwol yu-gi-rim-ni-da]

語彙	羅馬拼音	中文
일일	[i-ril]	一日
이일	[i-il]	二日
삼일	[sa-mil]	三日
사일	[sa-il]	四日
오일	[o-il]	五日
육일	[yu-gil]	六日
칠일	[chi-ril]	七日

팔일	[pa-ril]	八日
구일	[gu-il]	九日
십일	[si-bil]	十日
십일일	[si-bi-ril]	十一日
십이일	[si-bi-il]	十二日
십삼일	[sip-ssa-mil]	十三日
십사일	[sip-ssa-il]	十四日
십오일	[si-bo-il]	十五日
십육일	[sim-nyu-gil]	十六日
십칠일	[sip-chi-ril]	十七日

십팔일	[sip-pa-ril]	十八日
십구일	[sip-kku-il]	十九日
이십일	[i-si-bil]	二十日
이십일일	[i-si-bi-ril]	二十一日
이십이일	[i-si-bi-il]	二十二日
이십삼일	[i-sip-ssa-mil]	二十三日
이십사일	[i-sip-ssa-il]	二十四日
이십오일	[i-si-bo-il]	二十五日
이십육일	[i-sim-nyu-gil]	二十六日
이십칠일	[i-sip-chi-ril]	二十七日

이십팔일	[i-sip-pa-ril]	二十八日
이십구일	[i-sip-kku-il]	二十九日
삼십일	[sam-si-bil]	三十日
삼십일일	[sam-si-bi-ril]	三十一日
며칠	[myeo-chil]	幾日

04 계절 , 명절 , 요일

▶▶ MP3-05

[gye-jeol / myeong-jeol / yo-il] 季節、節日、星期

설날에 여행 갈 거예요 . 過年的時候，要去旅遊。
[seol-la-le yeo-haeng gal kkeo-ye-yo]

語彙	羅馬拼音	中文
봄	[bom]	春
여름	[yeo-reum]	夏
가을	[ga-eul]	秋
겨울	[gyeo-ul]	冬
새해 / 설날	[sae-hae / seol-lal]	新年 / 過年
밸런타인데이	[bael-leon-ta-in-de-i]	情人節
화이트데이	[hwa-i-teu-de-i]	白色 情人節

크리스마스 / 성탄절	[keu-ri-seu-ma-seu / seong-tan-jeol]	聖誕節
월요일	[wo-ryo-il]	星期一
화요일	[hwa-yo-il]	星期二
수요일	[su-yo-il]	星期三
목요일	[mo-gyo-il]	星期四
금요일	[geu-myo-il]	星期五
토요일	[to-yo-il]	星期六
일요일	[i-ryo-il]	星期日
주말	[ju-mal]	週末

05 시

▶▶ MP3-06

[si] 時

일곱 시에 만나요. 七點見。
[il-gop ssi-e man-na-yo]

語彙	羅馬拼音	中文
한 시	[han si]	一點
두 시	[du si]	二點
세 시	[se si]	三點
네 시	[ne si]	四點
다섯 시	[da-seot ssi]	五點
여섯 시	[yeo-seot ssi]	六點
일곱 시	[il-gop ssi]	七點

여덟 시	[yeo-deol ssi]	八點
아홉 시	[a-hop ssi]	九點
열 시	[yeol ssi]	十點
열한 시	[yeol-han si]	十一點
열두 시	[yeol-ttu si]	十二點
~ 시 반	[~ si ban]	～點半
~ 시간	[~ si-gan]	～小時
몇 시	[myeot-ssi]	幾點

| 06 | **분** | ▶▶ MP3-07 |

[bun] 分

| **지금 몇 시예요 ?** | 現在幾點？ |
| [ji-geum meot ssi-ye-yo] | |

| **지금 한 시 십 분이에요 .** | 現在一點十分（鐘）。 |
| [ji-geum han si sip bbu-ni-e-yo] | |

語彙	羅馬拼音	中文
일 분	[il bun]	一分
이 분	[i bun]	二分
삼 분	[sam bun]	三分
사 분	[sa bun]	四分
오 분	[o bun]	五分
육 분	[yuk ppun]	六分

칠 분	[chil bun]	七分
팔 분	[pal bun]	八分
구 분	[gu bun]	九分
십 분	[sip ppun]	十分
십일 분	[si-bil bun]	十一分
이십 분	[i-sip ppun]	二十分
이십오 분	[i-si-bo bun]	二十五分
삼십 분	[sam-sip ppun]	三十分
반	[ban]	半
몇 분	[myeot ppun]	幾分

01 수량사, 단위 ▶▶ MP3-08

[su-ryang-sa / da-nwi] 數量詞、單位

이거 몇 킬로그램이에요 ? 這是幾公斤 ?
[i-geo myeot kil-lo-geu-rae-mi-e-yo]

語彙	羅馬拼音	中文
원	[won]	韓元
밀리미터	[mil-li-mi-teo]	公厘
센티미터	[sen-ti-mi-teo]	公分
미터	[mi-teo]	公尺
킬로미터	[kil-lo-mi-teo]	公里
평방미터	[pyeong-bang-mi-teo]	平方公尺
평	[pyeong]	坪

리터	[li-teo]	公升
그램	[geu-raem]	公克
킬로그램	[kil-lo-geu-raem]	公斤
잔 / 그릇	[jan / geu-reut]	杯 / 碗
권	[gwon]	本
장 / 벌	[jang / beol]	張 / 件
마리 / 필	[ma-ri / pil]	隻 / 匹
자루 / 병	[ja-ru / byeong]	支 / 瓶
대	[dae]	台

02 **개**

►► MP3-09

[gae] 個

| **마스크 팩 열 개 샀어요 .** 我買了十個面膜。
[ma-seu-keu-paek yeol kkae sa-sseo-yo]

語彙	羅馬拼音	中文
한 개	[han gae]	一個
두 개	[du gae]	二個
세 개	[se gae]	三個
네 개	[ne gae]	四個
다섯 개	[da-seot kkae]	五個
여섯 개	[yeo-seot kkae]	六個
일곱 개	[il-gop kkae]	七個

여덟 개	[yeo-deol kkae]	八個
아홉 개	[a-hop kkae]	九個
열 개	[yeol kkae]	十個
열한 개	[yeol-han kkae]	十一個
열다섯 개	[yeol-da-seot kkae]	十五個
스무 개	[seu-mu gae]	二十個
오십 개	[o-sip kkae]	五十個
백 개	[baek kkae]	一百個
몇 개	[myeot kkae]	幾個

03 명 , 사람 , 분

▶▶ MP3-10

[myeong / sa-ram / bun] 名、人、位

| 모두 몇 분이세요 ? 總共幾位 ?
[mo-du myeot bbu-ni-se-yo]

| 모두 세 명이에요 . 總共三個人。
[mo-du se myeong-i-e-yo]

語彙	羅馬拼音	中文
한 명	[han myeong]	一人
두 명	[du myeong]	二人
세 명	[se myeong]	三人
네 명	[ne myoeng]	四人
다섯 명	[da-seon myeong]	五人
여섯 명	[yeo-seon myoeng]	六人

일곱 명	[il-gom myeong]	七人
여덟 명	[yeo-deol myeong]	八人
아홉 명	[a-hom myeong]	九人
열 명	[yeol myeong]	十人
열한 명	[yeol-han myeong]	十一人
열다섯 명	[yeol-da-seon myeong]	十五人
스무 명	[seu-mu myeong]	二十人
쉰 명	[swin myeong]	五十人
백 명	[baeng myoeng]	一百人
몇 명	[myeot myeong]	幾人

04 **잔**

▶▶ MP3-11

[jan] 杯

ㅣ **아메리카노 한 잔 주세요.** 請給我一杯美式咖啡。
[a-me-ri-ka-no han jan ju-se-yo]

語彙	羅馬拼音	中文
한 잔	[han jan]	一杯
두 잔	[du jan]	二杯
세 잔	[se jan]	三杯
네 잔	[ne jan]	四杯
다섯 잔	[da-seot jjan]	五杯
여섯 잔	[yeo-seot jjan]	六杯
일곱 잔	[il-gop jjan]	七杯

여덟 잔	[yeo-deol jjan]	八杯
아홉 잔	[a-hop jjan]	九杯
열 잔	[yeol jjan]	十杯
열한 잔	[yeol-han jan]	十一杯
열다섯 잔	[yeol-da-seot jjan]	十五杯
스무 잔	[seu-mu jan]	二十杯
쉰 잔	[swin jan]	五十杯
백 잔	[baek jjan]	一百杯
몇 잔	[myeot jjan]	幾杯

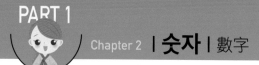
05 장

▶▶ MP3-12

[jang] 張

| 표 두 장 주세요 . 請給我二張票。
[pyo du jang ju-se-yo]

語彙	羅馬拼音	中文
한 장	[han jang]	一張
두 장	[du jang]	二張
세 장	[se jang]	三張
네 장	[ne jang]	四張
다섯 장	[da-seot jjang]	五張
여섯 장	[yeo-seot jjang]	六張
일곱 장	[il-gop jjang]	七張

여덟 장	[yeo-deol jjan]	八張
아홉 장	[a-hop jjang]	九張
열 장	[yeol jjang]	十張
열한 장	[yeol-han jang]	十一張
열다섯 장	[yeol-da-seot jjang]	十五張
스무 장	[seu-mu jang]	二十張
쉰 장	[swin jang]	五十張
백 장	[baek jjang]	一百張
몇 장	[myeot jjang]	幾張

06 벌

▶▶ MP3-13

[beol] 件

| 옷 세 벌 가지고 왔어요. 我帶來了三件衣服。
[ot se beol ga-ji-go wa-sseo-yo]

語彙	羅馬拼音	中文
한 벌	[han beol]	一件
두 벌	[du beol]	二件
세 벌	[se beol]	三件
네 벌	[ne beol]	四件
다섯 벌	[da-seot ppeol]	五件
여섯 벌	[yeo-seot ppeol]	六件
일곱 벌	[il-gop ppeol]	七件

여덟 벌	[yeo-deol ppeol]	八件
아홉 벌	[a-hop ppeol]	九件
열 벌	[yeol ppeol]	十件
열한 벌	[yeol-han beol]	十一件
열다섯 벌	[yeol-da-seot ppeol]	十二件
스무 벌	[seu-mu beol]	二十件
쉰 벌	[swin beol]	五十件
백 벌	[baek ppeol]	一百件
몇 벌	[myeot ppeol]	幾件

07 마리

▶▶ MP3-14

[ma-ri] 隻

| 여기에 고양이 두 마리가 있어요 . 這裡有二隻貓。
[yeo-gi-e go-yang-i du ma-ri-ga i-sseo-yo]

語彙	羅馬拼音	中文
한 마리	[han ma-ri]	一隻
두 마리	[du ma-ri]	二隻
세 마리	[se ma-ri]	三隻
네 마리	[ne ma-ri]	四隻
다섯 마리	[da-seon ma-ri]	五隻
여섯 마리	[yeo-seon ma-ri]	六隻
일곱 마리	[il-gom ma-ri]	七隻

여덟 마리	[yeo-deol ma-ri]	八隻
아홉 마리	[a-hom ma-ri]	九隻
열 마리	[yeol ma-ri]	十隻
열한 마리	[yeol-han ma-ri]	十一隻
열다섯 마리	[yeol-tta-seon ma-ri]	十五隻
스무 마리	[seu-mu ma-ri]	二十隻
쉰 마리	[swin ma-ri]	五十隻
백 마리	[baeng ma-ri]	一百隻
몇 마리	[myeon ma-ri]	幾隻

08 병

▶▶ MP3-15

[byeong] 瓶

| 어제 맥주 한 병 마셨어요. 昨天喝了一瓶啤酒。
[eo-je maek-jju han byeong ma-syeo-sseo-yo]

語彙	羅馬拼音	中文
한 병	[han byeong]	一瓶
두 병	[du byeong]	二瓶
세 병	[se byeong]	三瓶
네 병	[ne byeong]	四瓶
다섯 병	[da-seot ppyeong]	五瓶
여섯 병	[yeo-seot ppyeong]	六瓶
일곱 병	[il-gop ppyeong]	七瓶

여덟 병	[yeo-deol ppyeong]	八瓶
아홉 병	[a-hop ppyeong]	九瓶
열 병	[yeol ppyeong]	十瓶
열한 병	[yeol-han byeong]	十一瓶
열다섯 병	[yeol-da-seot ppyeong]	十五瓶
스무 병	[seu-mu byeong]	二十瓶
쉰 병	[swin byeong]	五十瓶
백 병	[baek ppyeong]	一百瓶
몇 병	[myeot ppyeong]	幾瓶

01 한국 음식

▶▶ MP3-16

[han-guk eum-sik] 韓國飲食

| 비빔밥 너무 맛있어요. 拌飯很好吃。

[bi-bim-bap neo-mu ma-si-sseo-yo]

語彙	羅馬拼音	中文
비빔밥	[bi-bim-bap]	拌飯
돌솥비빔밥	[dol-ssot-bi-bim-bap]	石鍋拌飯
전주비빔밥	[jeon-ju-bi-bim-bap]	全州拌飯
김치볶음밥	[kim-chi-bo-kkeum-bap]	泡菜炒飯
불고기덮밥	[bul-go-gi-deop-bap]	烤肉蓋飯
오징어덮밥	[o-jing-eo-deop-bap]	魷魚蓋飯
장어덮밥	[jang-eo-deop-bap]	鰻魚蓋飯

김치찌개	[kim-chi-jji-gae]	泡菜鍋
된장찌개	[doen-jang-jji-gae]	味噌鍋
순두부찌개	[sun-du-bu-jji-gae]	嫩豆腐鍋
부대찌개	[bu-dae-jji-gae]	部隊鍋
미역국	[mi-yeok-guk]	海帶鍋
콩나물국	[kong-na-mul-guk]	豆芽湯
해장국	[hae-jang-guk]	解酒湯
육개장	[yuk-gae-jang]	辣牛肉湯
삼계탕	[sam-gye-tang]	蔘雞湯
갈비탕	[gal-bi-tang]	排骨湯
감자탕	[gam-ja-tang]	馬鈴薯湯

해물탕	[hae-mul-tang]	海鮮湯
해물파전	[hae-mul-pa-jeon]	海鮮煎餅
김치파전	[kim-chi-pa-jeon]	泡菜煎餅
녹두전	[nok-du-jeon]	綠豆煎餅
깍두기	[kkak-du-gi]	蘿蔔泡菜
오이소박이	[o-i-so-ba-gi]	小黃瓜泡菜
동치미	[dong-chi-mi]	水蘿蔔泡菜
간장게장	[gan-jang-ge-jang]	醬蟹
양념게장	[yang-nyeom-ge-jang]	鮮辣蟹
양념치킨	[yang-nyeom-chi-kin]	調味炸雞
프라이드치킨	[peu-ra-i-deu-chi-kin]	炸雞

반반치킨	[ban-ban-chi-kin]	辣味原味炸雞 各一半
떡볶이	[tteok-ppo-kki]	炒年糕
순대	[sun-dae]	糯米大腸
어묵	[eo-muk]	魚板
닭꼬치	[dak-kko-chi]	雞肉串
김말이 튀김	[gim-ma-ri twi-gim]	炸海苔飯捲
고구마 튀김	[go-gu-ma twi-gim]	炸地瓜
야채 튀김	[ya-chae twi-gim]	炸蔬菜
고추 튀김	[go-chu twi-gim]	炸辣椒
쫄면	[jjol-myeon]	韓式辣味 Q 麵

라면	[la-myeon]	泡麵
칼국수	[kal-guk-su]	刀削麵
우동	[u-dong]	烏龍麵
찐빵	[jjin-ppang]	豆沙包
호떡	[ho-tteok]	糖餅
붕어빵	[bung-eo-ppang]	鯛魚燒
계란빵	[gye-ran-ppang]	雞蛋糕
만두	[man-du]	餃子
왕만두	[wang-man-du]	肉包
군만두	[gun-man-du]	鍋貼
물만두	[mul-man-du]	水餃

찐만두	[jjin-man-du]	蒸餃
김치만두	[kim-chi-man-du]	泡菜餃子
고기만두	[go-gi-man-du]	鮮肉餃子
만듯국	[man-dut-guk]	餃子湯
김밥	[gim-bap]	海苔飯捲
불고기김밥	[bul-go-gi-gim-bap]	烤肉飯捲
김치김밥	[kim-chi-gim-bap]	泡菜飯捲
치즈김밥	[chi-jeu-gim-bap]	起士飯捲
참치김밥	[cham-chi-gim-bap]	鮪魚飯捲
야채김밥	[ya-chae-gim-bap]	蔬菜飯捲
누드김밥	[nu-deu-gim-bap]	裸飯捲

충무김밥	[chung-mu-gim-bap]	忠武飯捲
잡채	[jap-chae]	雜菜
콩국수	[kong-guk-su]	豆漿麵
칼국수	[kal-guk-su]	刀削麵
메밀국수	[me-mil-guk-su]	蕎麥麵
잔치국수	[jan-chi-guk-su]	喜麵、宴會麵
야채김밥	[ya-chae-gim-bap]	水冷麵
누드김밥	[nu-deu-gim-bap]	涼拌麵
평양냉면	[pyeong-yang-naeng-myeon]	平壤冷麵
짬뽕	[jjam-ppong]	炒碼麵

짜장면	[jja-jang-myeon]	炸醬麵
짬짜면	[jjam-jja-myeon]	炒炸麵 （炒碼麵＋ 炸醬麵）
탕수육	[tang-su-yuk]	糖醋肉
스파게티	[seu-pa-ge-ti]	義大利麵
피자	[pi-ja]	披薩
햄버거	[haem-beo-geo]	漢堡
도넛	[do-neot]	甜甜圈
떡	[tteok]	年糕
가래떡	[ga-rae-tteok]	長條糕
시루떡	[si-ru-tteok]	豆沙蒸糕

콩떡	[kong-tteok]	豆糕
개떡	[gae-tteok]	糠糕
쑥떡	[ssuk-tteok]	艾草糕
술떡	[sul-tteok]	發糕
꿀떡	[kkul-tteok]	蜂蜜糕
바람떡	[ba-ram-tteok]	風糕
무지개떡	[mu-ji-gae-tteok]	彩虹糕
감자떡	[gam-ja-tteok]	馬鈴薯糕
인절미	[in-jeol-mi]	糯米糕
경단	[gyeong-dan]	麻糬
송편	[song-pyeon]	松糕

백설기	[baek-seol-gi]	白雪糕
약식	[yak-sik]	八寶飯
떡국	[tteok-kkuk]	年糕湯
오곡밥	[o-gok-ppap]	五穀飯
팥죽	[pat-jjuk]	紅豆粥
생선회	[saeng-seon-hoe]	生魚片
물회	[mul-hoe]	水拌生魚片
육회	[yu-koe]	生牛肉
오징어회	[o-jing-eo-hoe]	生魷魚
산낙지회	[san-nak-jji-hoe]	生章魚
빙어회	[bing-eo-hoe]	胡瓜魚 生魚片

참치회	[cham-chi-hoe]	鮪魚生魚片
홍어회	[hong-eo-hoe]	斑鰩生魚片
갈비	[gal-bi]	燉排骨
갈비찜	[gal-bi-jjim]	燉排骨
찜닭	[jjim-dak]	燉雞
닭갈비	[dak-gal-bi]	辣炒雞
닭발	[dak-bal]	雞爪
족발	[jok-ppal]	豬腳
보쌈	[bo-ssam]	泡菜包豬肉
삼합	[sam-hap]	三合 （斑鰩、豬肉、泡菜）

스테이크	[seu-te-i-keu]	牛排
돈가스	[don-ga-seu]	豬排
스파게티	[seu-pa-ge-ti]	義大利麵
피자	[pi-ja]	披薩
오므라이스	[o-meu-la-i-seu]	蛋包飯
카레밥	[ka-re-bap]	咖哩飯
샤부샤부	[sya-bu-sya-bu]	火鍋
초밥	[cho-bap]	壽司

02 음료

▶▶ MP3-17

[eum-nyo] 飲料

바나나우유 **마시고 싶어요 .** 想要喝香蕉牛奶。
[ba-na-na-u-yu ma-si-go si-peo-yo]

語彙	羅馬拼音	中文
물	[mul]	水
생수	[saeng-su]	山泉水
광천수	[gwang-cheon-su]	礦泉水
차	[cha]	茶
녹차	[nok-cha]	綠茶
홍차	[hong-cha]	紅茶
우롱차	[u-rong-cha]	烏龍茶

밀크티	[mil-keu-ti]	奶茶
우유	[u-yu]	牛奶
바나나우유	[ba-na-na-u-yu]	香蕉牛奶
딸기우유	[ttal-gi-u-yu]	草莓牛奶
초코우유	[cho-ko-u-yu]	巧克力牛奶
요구르트	[yo-gu-reu-teu]	酸奶
야쿠르트	[ya-ku-reu-teu]	養樂多
레모네이드	[re-mo-ne-i-deu]	檸檬水
오렌지 주스	[o-ren-ji ju-sseu]	柳橙汁
사과 주스	[sa-gwa ju-sseu]	蘋果汁
키위 주스	[ki-wi ju-sseu]	奇異果汁

커피	[keo-pi]	咖啡
아메리카노	[a-me-ri-ka-no]	美式咖啡
에스프레소	[e-seu-peu-re-so]	義式濃縮咖啡
카페라테	[ka-pe-ra-te]	拿鐵
캐러멜 마키아토	[kae-reo-mel ma-ki-a-to]	焦糖瑪奇朵
카푸치노	[ka-pu-chi-no]	卡布奇諾
카페모카	[ka-pe-mo-ka]	摩卡咖啡
콜라	[kol-la]	可樂
코카콜라	[ko-ka-kol-la]	可口可樂
펩시	[pep-si]	百事
사이다	[sa-i-da]	雪碧

환타	[hwan-ta]	芬達
소주	[so-ju]	燒酒
맥주	[maek-jju]	啤酒
청주	[cheong-ju]	清酒
막걸리	[mak-kkeol-li]	米酒
동동주	[dong-dong-ju]	冬冬酒
복분자주	[bok-ppun-ja-ju]	覆盆子酒
인삼주	[in-sam-ju]	人蔘酒
매실주	[mae-sil-ju]	梅酒
양주	[yang-ju]	洋酒
포도주	[po-do-ju]	葡萄酒

레드와인	[re-deu-wa-in]	紅酒
화이트와인	[hwa-i-teu-wa-in]	白酒
샴페인	[syam-pe-in]	香檳
위스키	[wi-seu-ki]	威士忌
칵테일	[kak-te-il]	雞尾酒
모히토	[mo-hi-to]	莫吉托
진토닉	[jin-to-nik]	琴湯尼
마가리타	[ma-ga-ri-ta]	瑪格麗特
마티니	[ma-ti-ni]	馬丁尼
핑크레이디	[ping-keu-re-i-di]	粉紅佳人

03 고기

▶▶ MP3-18

[go-gi] 肉

| 소갈비 이 인분 주세요. 請給我牛排二人份。
[so-gal-bi i in-bun ju-se-yo]

語彙	羅馬拼音	中文
소갈비	[so-gal-bi]	牛排
목등심	[mok-deung-sim]	頸里脊肉
등심	[deung-sim]	里脊肉
꽃등심	[kkot-deung-sim]	霜降里脊
안심	[an-sim]	菲力
채끝	[chae-kkeut]	腰里脊肉
치마살	[chi-ma-sal]	牛腩

안창살	[an-chang-ssal]	膈膜肉
사태	[sa-tae]	牛膝窩肉
소꼬리	[so-kko-li]	牛尾
우족	[u-jok]	牛蹄
차돌박이	[cha-dol-ba-gi]	牛胸叉肉
도가니	[do-ga-ni]	牛膝骨
우설	[u-seol]	牛舌
돼지갈비	[dwae-ji-gal-bi]	豬排
목살	[mok-ssal]	豬脖子肉
삼겹살	[sam-gyeop-ssal]	五花肉
항정살	[hang-jeong-ssal]	豬頸肉

갈매기살	[gal-mae-gi-ssal]	豬橫膈膜
곱창	[gop-chang]	小腸
대창	[dae-chang]	大腸
돼지껍데기	[dwae-ji-kkeop-de-gi]	豬皮
닭고기	[dak-kko-gi]	雞肉
닭다리	[dak-tta-ri]	雞腿
닭발	[dak-ppal]	雞爪
닭날개	[dang-nal-gae]	雞翅
닭봉	[dak-ppong]	棒棒雞
닭가슴살	[dak-kka-seum-ssal]	雞胸
닭안심	[da-gan-sim]	雞柳

닭똥집	[dak-ttong-jjip]	雞胗
오리고기	[o-ri-go-gi]	鴨肉
칠면조고기	[chil-myeon-jo-go-gi]	火雞肉
양고기	[yang-go-gi]	羊肉
염소고기	[yeom-so-go-gi]	山羊肉
베이컨	[be-i-keon]	培根
소시지	[so-si-ji]	香腸
햄	[haem]	火腿
페퍼로니	[pe-peo-ro-ni]	義大利臘腸

04 해산물

▶▶ MP3-19

[hae-san-mul] 海鮮

| 저는 생선회 못 먹어요. 我不能吃生魚片。
[jeo-neun saeng-seon-hoe mon meo-geo-yo]

語彙	羅馬拼音	中文
생선회	[saeng-seon-hoe]	生魚片
멸치	[myeol-chi]	鯷魚
꽁치	[kkong-chi]	秋刀魚
참치	[cham-chi]	鮪魚
갈치	[gal-chi]	白帶魚
넙치	[neop-chi]	比目魚
명태	[myeong-tae]	明太魚

황태	[hwang-tae]	黃太魚
북어	[bu-geo]	明太魚乾
복어	[bo-geo]	河豚
연어	[yeo-neo]	鮭魚
산천어	[san-cheo-neo]	山川魚
송어	[song-eo]	淡水鱒魚
고등어	[go-deung-eo]	鯖魚
홍어	[hong-eo]	斑鰩
광어	[gwang-eo]	比目魚
잉어	[ing-eo]	鯉魚
붕어	[bung-eo]	鯽魚

장어	[jang-eo]	鰻魚
민어	[mi-neo]	黃姑魚
대구	[dae-gu]	鱈魚
우럭	[u-reok]	石斑魚
조기	[jo-gi]	黃魚
굴비	[gul-bi]	黃花魚
도미	[do-mi]	馬頭魚
아귀	[a-gwi]	鮟鱇魚
양미리	[yang-mi-ri]	玉筋魚
가오리	[ga-o-ri]	鰩魚
과메기	[gwa-me-gi]	秋刀魚乾

메기	[me-gi]	鯰魚
오징어	[o-jing-eo]	魷魚
꼴뚜기	[kkol-ttu-gi]	小章魚
문어	[mu-neo]	大章魚
낙지	[nak-jji]	長爪章魚
주꾸미	[ju-kku-mi]	短爪章魚
해삼	[hae-sam]	海蔘
개불	[gae-bul]	海腸子
미더덕	[mi-deo-deok]	柄海鞘
새우	[sae-u]	蝦子
대하	[dae-ha]	大蝦

바닷가재	[ba-dat-kka-jae]	龍蝦
킹크랩	[king-keu-raep]	帝王蟹
대게	[dae-ge]	雪蟹
꽃게	[kkot-kke]	花蟹
성게	[seong-ge]	海膽
멍게	[meong-ge]	海鞘
조개	[jo-gae]	蛤蜊
키조개	[ki-jo-gae]	江珧蛤
가리비	[ga-ri-bi]	扇貝
전복	[jeon-bok]	鮑魚
대합	[dae-hap]	文蛤

홍합	[hong-hap]	孔雀蛤
꼬막	[kko-mak]	鳥蛤
굴	[gul]	牡蠣
관자	[gwan-ja]	干貝
소라	[so-ra]	蠑螺
골뱅이	[gol-bang-i]	海螺
다슬기	[da-seul-gi]	蝸螺
명란젓	[myeong-nan-jeot]	明太魚子醬
오징어젓	[o-jing-eo-jeot]	魷魚醬
김	[gim]	海苔
다시마	[da-si-ma]	昆布

05 야채 (채소)

[ya-chae / chae-so] 蔬菜

▶▶ MP3-20

고수 **빼고 주세요 .** 請不要加香菜。
[go-su **ppae-go ju-se-yo**]

語彙	羅馬拼音	中文
배추	[bae-chu]	白菜
양배추	[yang-bae-chu]	高麗菜
고추	[go-chu]	辣椒
피망	[pi-mang]	青椒
파프리카	[pa-peu-ri-ka]	甜椒
부추	[bu-chu]	韭菜
파	[pa]	蔥

양파	[yang-pa]	洋蔥
시금치	[si-geum-chi]	菠菜
깻잎	[kkaen-nip]	胡麻葉
쑥	[ssuk]	艾草
쑥갓	[ssuk-kkat]	茼蒿
미나리	[mi-na-ri]	水芹菜
달래	[dal-lae]	蒜苗
콩나물	[kong-na-mul]	豆芽
숙주나물	[suk-jju-na-mul]	綠豆芽
고구마	[go-gu-ma]	地瓜
감자	[gam-ja]	馬鈴薯

당근	[dang-geun]	紅蘿蔔
무	[mu]	蘿蔔
오이	[o-i]	小黃瓜
호박	[ho-bak]	南瓜
단호박	[dan-ho-bak]	甜南瓜
애호박	[ae-ho-bak]	櫛瓜
여주	[yeo-ju]	苦瓜
수세미	[su-se-mi]	絲瓜
죽순	[juk-ssun]	竹筍
아스파라거스	[a-seu-pa-ra-geo-seu]	蘆筍
브로콜리	[beu-ro-kol-li]	花椰菜

셀러리	[sel-leo-ri]	芹菜
가지	[ga-ji]	茄子
토마토	[to-ma-to]	番茄
토란	[to-ran]	白芋頭
타로	[ta-ro]	芋頭
생강	[saeng-gang]	生薑
마늘	[ma-neul]	蒜頭
고수	[go-su]	香菜
콩	[kong]	豆子
완두콩	[wan-du-kong]	豌豆
강낭콩	[gang-nang-kong]	花豆
옥수수	[ok-ssu-su]	玉米

찰옥수수	[cha-rok-ssu-su]	糯米玉米
쌀	[ssal]	大米
찹쌀	[chap-ssal]	糯米
현미	[hyeon-mi]	玄米
흑미	[heung-mi]	紫米
보리	[bo-ri]	大麥
압맥	[am-maek]	麥片
조	[jo]	小米
기장	[gi-jang]	黍子
수수	[su-su]	高粱
율무	[yul-mu]	薏仁
팥	[pat]	紅豆

녹두	[nok-ttu]	綠豆
참깨	[cham-kkae]	芝麻
들깨	[deul-kkae]	胡麻
밤	[bam]	栗子
은행	[eun-haeng]	銀杏
버섯	[beo-seot]	香菇
송이버섯	[song-i-beo-seot]	野生杏鮑菇
새송이버섯	[sae-song-i-beo-seot]	杏鮑菇
느타리버섯	[neu-ta-ri-beo-seot]	平菇
팽이버섯	[paeng-i-beo-seot]	金針菇
양송이버섯	[yang-song-i-beo-seot]	蘑菇

06 과일

▶▶ MP3-21

[gwa-il] 水果

요즘 딸기가 아주 맛있어요. 最近草莓很好吃。
[yo-jeum ttal-gi-ga a-ju ma-si-sseo-yo]

語彙	羅馬拼音	中文
사과	[sa-gwa]	蘋果
배	[bae]	梨子
감	[gam]	柿子
단감	[dan-gam]	甜柿子
홍시	[hong-si]	紅柿
곶감	[got-kkam]	柿餅
포도	[po-do]	葡萄

청포도	[cheong-po-do]	青葡萄
수박	[su-bak]	西瓜
참외	[cha-moe]	香瓜
멜론	[mel-lon]	哈密瓜
귤	[gyul]	橘子
한라봉	[hal-la-bong]	漢拏峰橘子
금귤	[geum-gyul]	金桔
오렌지	[o-ren-ji]	柳橙
자몽	[ja-mong]	葡萄柚
딸기	[ttal-gi]	草莓
블루베리	[beul-lu-be-ri]	藍莓

크렌베리	[keu-ren-be-ri]	蔓越莓
체리	[che-ri]	櫻桃
앵두	[aeng-du]	韓國櫻桃
오디	[o-di]	桑葚
복숭아	[bok-ssung-a]	水蜜桃
천도복숭아	[cheon-do-bok-ssung-a]	油桃
자두	[ja-du]	李子
살구	[sal-gu]	杏仁桃
매실	[mae-sil]	梅子
대추	[dae-chu]	棗子
무화과	[mu-hwa-gwa]	無花果

바나나	[ba-na-na]	香蕉
파인애플	[pa-i-nae-peul]	鳳梨
키위	[ki-wi]	奇異果
망고	[mang-go]	芒果
구아바	[gu-a-ba]	芭樂
파파야	[pa-pa-ya]	木瓜
두리안	[du-ri-an]	榴槤
망고스틴	[mang-go-seu-tin]	山竹
스타푸르트	[seu-ta-pu-reu-teu]	楊桃
왁스애플	[wak-sseu-ae-peul]	蓮霧
석가두	[seok-kka-du]	釋迦

07 조미료 ►► MP3-22

[jo-mi-ryo] 調味料

소금을 조금 더 넣어요 . 再放一些鹽巴。
[so-geu-meul jo-geum deo neo-eu-se-yo]

語彙	羅馬拼音	中文
소금	[so-geum]	鹽巴
설탕	[seol-tang]	糖
식초	[sik-cho]	醋
간장	[gan-jang]	醬油
된장	[doen-jang]	大醬
청국장	[cheong-guk-jang]	清麴醬
고추장	[go-chu-jang]	辣椒醬

쌈장	[ssam-jang]	包肉醬
초장	[cho-jang]	醋醬
와사비	[wa-sa-bi]	芥末
후추	[hu-chu]	胡椒
후춧가루	[hu-chut-kka-ru]	胡椒粉
고춧가루	[go-chut-kka-ru]	辣椒粉
맛술	[mat-ssul]	料理酒
물엿	[mul-lyeot]	糖膏
조청	[jo-cheong]	糖稀
참기름	[cham-gi-reum]	芝麻油
들기름	[deul-gi-reum]	胡麻油
버터	[beo-teo]	奶油

마가린	[ma-ga-rin]	乳瑪琳
쇼트닝	[syo-teu-ning]	起酥油
올리브오일	[ol-li-beu-o-il]	橄欖油
카놀라유	[ka-nol-la-yu]	芥花籽油
포도씨유	[po-do-ssi-yu]	葡萄籽油
케첩	[ke-cheop]	番茄醬
마요네즈	[ma-yo-ne-jeu]	美乃滋
머스터드소스	[meo-seu-teo-deu-so-seu]	蜂蜜黃芥末醬
발사믹소스	[bal-sa-mik-so-seu]	巴薩米克醋
사우전아일랜드소스	[sa-u-jeon-a-il-laen-deu-so-seu]	千島醬
시저드레싱	[si-jeo-deu-le-sing]	凱撒醬

타바스코소스	[ta-ba-seu-ko-so-seu]	塔巴斯哥辣醬
굴소스	[gul-so-seu]	蠔油
칠리 소스	[chil-li so-seu]	辣醬
데리야키 소스	[de-ri-ya-ki so-seu]	和風醬
바비큐 소스	[ba-bi-kyu so-seu]	烤肉醬
타르타르 소스	[ta-reu-ta-reu so-seu]	塔塔醬
돈가스 소스	[don-ga-sseu so-seu]	豬排醬
까나리액젓	[kka-na-ri-aek-jjeot]	玉筋魚魚露
멸치액젓	[myeol-chi-aek-jjeot]	豬排醬
새우젓	[sae-u-jeot]	蝦醬

08 맛 , 느낌

[mat / neu-kkim] 味道、感覺

▶▶ MP3-23

맛이 어때요 ? 味道怎麼樣？
[ma-si eo-ttae-yo]

조금 매워요 . 有一點辣。
[jo-geum mae-wo-yo]

語彙	羅馬拼音	中文
맛있어요	[ma-si-sseo-yo]	好吃
맛 없어요	[ma deop-sseo-yo]	不好吃
매워요	[mae-wo-yo]	辣的
짜요	[jja-yo]	鹹的
셔요	[syeo-yo]	酸的
달아요	[da-ra-yo]	甜的

달콤해요	[dal-kom-hae-yo]	甜甜的
새콤해요	[sae-kom-hae-yo]	酸酸的
새콤달콤해요	[sae-kom-dal-kom-hae-yo]	酸酸甜甜的
싱거워요	[sing-geo-wo-yo]	淡的
담백해요	[dam-bae-kae-yo]	清淡的
고소해요	[go-so-hae-yo]	香噴噴的
향긋해요	[hyang-geu-tae-yo]	很香的
진해요	[jin-hae-yo]	很濃的
냄새 나요	[naem-sae na-yo]	有味道
역겨워요	[yeok-kkyeo-wo-yo]	噁心的
비려요	[bi-ryeo-yo]	腥臊

느끼해요	[neu-kki-hae-yo]	油膩的
깔끔해요	[kkal-kkeum-hae-yo]	清爽的
뜨거워요	[tteu-geo-wo-yo]	燙的
미지근해요	[mi-ji-geun-hae-yo]	微溫的
차가워요	[cha-ga-wo-yo]	冰的

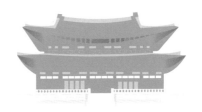

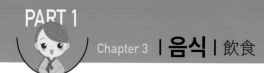

| 날씨가 어때요 ? 天氣怎麼樣？
[nal-ssi-ga eo-ttae-yo]

| 대만보다 추워요 . 比台灣冷。
[dae-man-bo-da chu-wo-yo]

語彙	羅馬拼音	中文
더워요	[deo-wo-yo]	熱的
따뜻해요	[tta-tteu-tae-yo]	溫暖的
시원해요	[si-won-hae-yo]	涼快的
상쾌해요	[sang-kwae-hae-yo]	爽快的
쌀쌀해요	[ssal-ssal-hae-yo]	涼涼的
추워요	[chu-wo-yo]	冷的

01 장소

▶▶ MP3-24

[jang-so] 場所

| 버스 정류장 **어디에 있어요?** 公車站在哪裡？
[beo-seu jeong-nyu-jang eo-di-e i-sseo-yo]

語彙	羅馬拼音	中文
공항	[gong-hang]	機場
제 1 여객터미널	[je-il-yeo-gaek-teo-mi-neol]	第一航廈
대한항공 카운터	[dae-han-hang-gong ka-un-teo]	大韓航空服務台
출국심사대	[chul-guk-sim-sa-dae]	出境審查台
입국심사대	[ip-kkuk-sim-sa-dae]	入境審查台
무인자동입국심사대	[mu-in-ja-dong-ip-kkuk-sim-sa-dae]	自動通關審查台

통관	[tong-gwan]	通關
세관	[se-gwan]	海關
검역소	[geo-myeok-sso]	檢疫所
세금환급소	[se-geum-hwan-geup-sso]	退稅中心
출국장	[chul-guk-jjang]	出境大廳
입국장	[ip-kkuk-jjang]	入境大廳
공항 라운지	[gong-hang ra-un-ji]	機場貴賓室
환승 라운지	[hwan-seung ra-un-ji]	轉機休息室
수화물 찾는 곳	[su-hwa-mul chan-neun got]	行李提領區
면세점	[myeon-se-jeom]	免稅店

환전소	[hwan-jeon-so]	換錢所
면세점	[mae-pyo-so]	售票處
주차장	[ju-cha-jang]	停車場
엘리베이터	[el-li-be-i-teo]	電梯
에스컬레이터	[e-seu-keol-le-i-teo]	手扶梯
계단	[gye-dan]	階梯
환승하는 곳	[hwan-seung-ha-neun got]	換乘區
택시 승강장	[taek-ssi seung-gang-jang]	計程車等候站
버스정류장	[beo-seu-jeong-nyu-jang]	公車站
터미널	[teo-mi-neol]	轉運站

지하철역	[ji-ha-cheol-lyeok]	地鐵站
기차역	[gi-cha-yeok]	火車站
고속철도역	[go-sok-cheol-do-yeok]	高鐵
항구	[hang-gu]	港口

어디에 묵어요？ 在哪裡住宿？
[eo-di-e mu-geo-yo]

저는 호텔에 묵어요． 我入住在飯店。
[jeo-neun ho-te-le mu-geo-yo]

語彙	羅馬拼音	中文
호텔	[ho-tel]	飯店
모텔	[mo-tel]	汽車旅館
유스호스텔	[yu-seu-ho-seu-tel]	青年旅館
여관	[yeo-gwan]	旅館
게스트하우스	[ge-seu-teu-ha-u-seu]	背包客棧
민박	[min-bak]	民宿
에어비엔비	[e-eo-bi-en-bi]	Airbnb

펜션	[pen-syeon]	度假村
콘도	[kon-do]	度假村式酒店
레지던스	[re-ji-deon-seu]	公寓式酒店
고시원	[go-si-won]	考試院
친구집	[chin-gu-jip]	朋友家
친척집	[chin-cheok-jip]	親戚家
우리집	[u-ri-jip]	我家

화장실은 저쪽에 있어요 .　化妝室在那邊。
[hwa-jang-si-l·eun jeo-jjo-ge i-sseo-yo]

語彙	羅馬拼音	中文
학교	[hak-kkyo]	學校
도서관	[do-seo-gwan]	圖書館
교실	[gyo-sil]	教室
교무실	[gyo-mu-sil]	教務處
화장실	[hwa-jang-sil]	化妝室
매점	[mae-jeom]	福利社
회사	[hoe-sa]	公司
사무실	[sa-mu-sil]	辦公室

회의실	[hoe-i-sil]	會議室
휴게실	[hyu-ge-sil]	休息室
관리실	[gwal-li-sil]	管理室
물품보관실	[mul-pum-bo-gwan-sil]	物品儲藏室
창고	[chang-go]	倉庫
공장	[gong-jang]	工廠
집	[jip]	家
거실	[geo-sil]	客廳
욕실	[yok-sil]	浴室
부엌	[bu-eok]	廚房
주방	[ju-bang]	廚房

안방	[an-ppang]	主臥室
다락방	[da-rak-ppang]	閣樓
서재	[seo-jae]	書房

괜찮은 맛집 좀 추천해 주세요. 請您介紹不錯的美食店。
[gwaen-cha-neun mat-jjip jom chu-cheon-hae ju-seo-yo]

이마트에 어떻게 가요? 怎麼去易買得?
[i-ma-teu-e eo-tteo-ke ga-yo]

語彙	羅馬拼音	中文
슈퍼마켓	[syu-peo-ma-ket]	超市
편의점	[pyeo-ni-jeom]	便利商店
이마트	[i-ma-teu]	易買（E-mart）
롯데마트	[lot-tte-ma-teu]	樂天超市（Lotte Mart）
서점	[seo-jeom]	書店
백화점	[bae-kwa-jeom]	百貨公司
식당	[sik-ttang]	餐廳

포장마차	[po-jang-ma-cha]	包裝馬車 （路邊攤）
술집	[sul-jjip]	酒屋
치킨집	[chi-kin-jip]	炸雞店
중국집	[jung-guk-jjip]	中華料理店
클럽	[keul-leop]	夜店
가게	[ga-ge]	商店
옷가게	[ot-ga-ge]	服裝店
신발가게	[sin-bal-ga-ge]	鞋子店
화장품가게	[hwa-jang-pum-ga-ge]	化妝品店
빵가게	[ppang-ga-ge]	麵包店
꽃가게	[kkot-ga-ge]	花店

커피숍	[keo-pi-syop]	咖啡廳
분식집	[bun-sik-jjip]	麵食店
시장	[si-jang]	市場
야시장	[ya-si-jang]	夜市
전통시장	[jeon-tong-si-jang]	傳統市場
풍물시장	[pung-mul-si-jang]	風物市場
벼룩시장	[byeo-ruk-si-jang]	跳蚤市場
전자상가	[jeon-ja-sang-ga]	電子商場
지하상가	[ji-ha-sang-ga]	地下街商場
노점	[no-jeom]	路邊攤
대사관	[dae-sa-gwan]	大使館

사진관	[sa-jin-gwan]	照相館
방송국	[bang-song-guk]	電視台
신문사	[sin-mun-sa]	報社
교회	[gyo-hoe]	教會
성당	[seong-dang]	天主堂
절	[jeol]	佛寺
사원	[sa-won]	寺廟
은행	[eun-haeng]	銀行
현금인출기	[hyeon-geum-in-chul-gi]	提款機
우체국	[u-che-guk]	郵局
택배 회사	[taek-ppae hoe-sa]	宅配公司

세탁소	[se-tak-sso]	洗衣店
파출소	[pa-chul-sso]	派出所
경찰서	[gyeong-chal-sseo]	警察局
소방서	[so-bang-seo]	消防局

저는 공원에 가고 싶어요 . 我想去公園。

[jeo-neun gong-wo-ne ga-go si-peo-yo]

語彙	羅馬拼音	中文
놀이터	[no-ri-teo]	遊樂場
공원	[gong-won]	公園
놀이공원	[no-ri-gong-won]	遊樂園
서울대공원	[seo-ul-dae-gong-won]	首爾大公園
에버랜드	[e-beo-raen-deu]	愛寶樂園
롯데월드	[lot-tte-wol-deu]	樂天世界
박물관	[bang-mul-gwan]	博物館
미술관	[mi-sul-gwan]	美術館

박람회장	[bang-nam-hoe-jang]	博覽會場
전시회장	[jeon-si-hoe-jang]	展示會場
콘서트장	[kon-seo-teu-jang]	演唱會場
팬미팅장	[paen-mi-ting-jang]	粉絲見面會場
극장	[geuk-jjang]	劇場
영화관	[yeong-hwa-gwan]	電影院
민속촌	[min-sok-chon]	民俗村
온천	[on-cheon]	溫泉
해수욕장	[hae-su-yok-jjang]	海水浴場
사우나	[sa-u-na]	三溫暖
목욕탕	[mo-gyok-tang]	澡堂

찜질방	[jjim-jil-bang]	汗蒸幕
노래방	[no-rae-bang]	KTV
PC 방	[pi-si-bang]	網咖
운동장	[un-dong-jang]	運動場
축구장	[chuk-kku-jang]	足球場
수영장	[su-yeong-jang]	游泳場
스키장	[seu-ki-jang]	滑雪場
야구장	[ya-gu-jang]	棒球場
테니스장	[te-ni-seu-jang]	網球場
스쿼시장	[seu-kwo-si-jang]	壁球場
당구장	[dang-gu-jang]	撞球場

이발소	[i-bal-sso]	理髮所
미용실	[mi-yong-sil]	美容室
헤어숍	[he-eo-syop]	髮廊
마사지숍	[ma-sa-ji-syop]	按摩店
네일숍	[ne-il-syop]	美甲店
문화센터	[mun-hwa-sen-teo]	文化中心
운동센터	[un-dong-sen-teo]	運動中心
주민센터	[ju-min-sen-teo]	區公所
A／S 센터	[e-i-e-seu seon-teo]	售後服務中心
소비자고발센터	[so-bi-ja-go-bal-sen-teo]	消費者申訴中心
유실물센터	[yu-sil-mul-sen-teo]	失物招領中心

이삿짐센터	[i-sat-jjim-sen-teo]	搬家公司
카센터	[ka-sen-teo]	汽車修理中心
의료센터	[ui-ryo-sen-teo]	醫療中心
안내데스크	[an-nae-de-seu-keu]	諮詢台
한의원	[ha-ni-won]	中醫院
약국	[yak-kkuk]	藥局
병원	[byeong-won]	醫院
응급실	[eung-geup-ssil]	急診
내과	[nae-kkwa]	內科
외과	[oe-kkwa]	外科
성형외과	[seong-hyeong-oe-kkwa]	整形外科

피부과	[pi-bu-kkwa]	皮膚科
치과	[chi-kkwa]	牙科
안과	[an-kkwa]	眼科
산부인과	[san-bu-in-kkwa]	婦產科
소아과	[so-a-kkwa]	小兒科
이비인후과	[i-bi-in-hu-kkwa]	耳鼻喉科
비뇨기과	[bi-nyo-gi-kkwa]	泌尿科
신경정신과	[sin-gyeong-jeong-sin-kkwa]	身心科
물리치료과	[mul-li-chi-ryo-kkwa]	物理治療科
재활치료과	[jae-hwal-chi-ryo-kkwa]	復健科

02 생활용품

[saeng-hwal-yong-pum] 生活用品

▶▶ MP3-25

치약 좀 빌릴 수 있을까요 ? 可以借用牙膏嗎 ?

[chi-yak jom bil-lil ssu i-sseul-kka-yo]

語彙	羅馬拼音	中文
타월	[ta-wol]	大毛巾
수건	[su-geon]	毛巾
손수건	[son-su-geon]	手帕
때밀이타월	[ttae-mi-ri-ta-wol]	搓澡巾
세숫대야	[se-sut-ttae-ya]	洗臉盆
바디샤워	[ba-di-sya-wo]	沐浴乳
비누	[bi-nu]	香皂

클렌징폼	[keul-len-jing-pom]	洗面乳
클렌징크림	[keul-len-jing-keu-rim]	洗面霜
클렌징오일	[keul-len-jing-o-il]	潔顏油
샴푸	[syam-pu]	洗髮精
린스	[lin-seu]	潤髮精
칫솔	[chit-ssol]	牙刷
치약	[chi-yak]	牙膏
일회용 면도기	[il-hoe-yong myeon-do-gi]	拋棄式刮鬍刀
전기 면도기	[jeon-gi myeon-do-gi]	電動刮鬍刀
손톱깎이	[son-top-kka-kki]	指甲剪
면봉	[myeon-bong]	棉花棒

반창고	[ban-chang-go]	OK 繃
화장솜	[hwa-jang-som]	化妝棉
화장지	[hwa-jang-ji]	衛生紙
티슈	[ti-syu]	抽取式面紙
거울	[geo-ul]	鏡子
변기	[byeon-gi]	馬桶
샤워기	[sya-wo-gi]	淋浴器
욕조	[yok-jjo]	浴缸
수도꼭지	[su-do-kkok-jji]	水龍頭
전등	[jeon-deung]	電燈
콘센트	[kon-sen-teu]	插座

플러그	[peul-leo-geu]	插頭
전화	[jeon-hwa]	電話
휴대전화 / 핸드폰	[hyu-dae-jeon-hwa / haen-deu-pon]	手機
충전기	[chung-jeon-gi]	充電器
디지털 카메라	[di-ji-teol ka-me-ra]	數位相機
노트북 컴퓨터	[no-teu-buk keom-pyu-teo]	筆電
데스크탑 컴퓨터	[de-seu-keu-tap keom-pyu-teo]	桌上型電腦
MP3	[em-pi-seu-ri]	MP3
라디오	[la-di-o]	收音機
오디오	[o-di-o]	音響

냉장고	[naeng-jang-go]	冰箱
세탁기	[se-tak-kki]	洗衣機
전기밥솥	[jeon-gi-bap-ssot]	電子鍋
전자레인지	[jeon-ja-re-in-ji]	微波爐
오븐	[o-beun]	烤箱
정수기	[jeong-su-gi]	淨水器、飲水機
드라이어	[deu-ra-i-eo]	吹風機
진공청소기	[jin-gong-cheong-so-gi]	吸塵器
다리미	[da-ri-mi]	熨斗

03 옷
[ot] 衣服

▶▶ MP3-26

| 티셔츠 좀 입어 봐도 돼요 ? 可以試穿 T 恤嗎 ?
[ti-syeo-cheu jom i-beo bwa-do dwae-yo]

語彙	羅馬拼音	中文
외투	[oe-tu]	外套
재킷	[jae-kit]	夾克 (薄)
점퍼	[jeom-peo]	夾克 (厚)
모직코트	[mo-jik-ko-teu]	毛呢大衣
오리털파카	[o-ri-teol-pa-ka]	羽絨衣
바바리코트	[ba-ba-ri-ko-teu]	風衣
양복	[yang-bok]	西裝

정장	[jeong-jang]	正裝
와이셔츠	[wa-i-syeo-cheu]	西裝襯衫
셔츠	[syeo-cheu]	襯衫
티셔츠	[ti-syeo-cheu]	T恤
남방	[nam-bang]	休閒襯衫
블라우스	[beul-la-u-seu]	雪紡衫
스웨터	[seu-we-teo]	毛衣
원피스	[won-pi-sseu]	洋裝
치마	[chi-ma]	裙子
치마 바지	[chi-ma ba-ji]	褲裙
앞치마	[ap-chi-ma]	圍裙

미니스커트	[mi-ni-seu-keo-teu]	短裙
주름스커트	[ju-reum-seu-keo-teu]	百褶裙
가디건	[ga-di-geon]	針織衫
조끼	[jo-kki]	背心
바지	[ba-ji]	褲子
반바지	[ban-ba-ji]	短褲
멜빵바지	[mel-ppang-ba-ji]	吊帶褲
나팔바지	[na-pal-ba-ji]	喇叭褲
핫팬츠	[hat-paen-cheu]	熱褲
청바지	[cheong-ba-ji]	牛仔褲
블랙진	[beul-laek-jin]	黑色牛仔

화이트진	[hwa-i-teu-jin]	白色牛仔
후드티	[hu-deu-ti]	帽 T
폴로티	[pol-lo-ti]	Polo 衫
폴라티	[pol-la-ti]	高領衫
카라티	[ka-ra-ti]	有領 T 恤
라운드티	[la-un-deu-ti]	圓領 T 恤
민소매티	[min-so-mae-ti]	無袖 T 恤
반팔티	[ban-pal-ti]	短袖 T 恤
긴팔티	[gin-pal-ti]	長袖 T 恤
한복	[han-bok]	韓服
교복	[gyo-bok]	校服

운동복	[un-dong-bok]	運動服
등산복	[deung-san-bok]	登山服
수영복	[su-yeong-bok]	泳裝
팬티	[paen-ti]	內褲
러닝셔츠	[leo-ning-syeo-cheu]	運動背心
브래지어	[beu-rae-ji-eo]	胸罩

04 액세서리

▶▶ MP3-27

[aek-se-seo-ri] 飾品

안경 좀 보여 주세요 . 請您給我看一下眼鏡。
[an-gyeong jom bo-yeo ju-se-yo]

語彙	羅馬拼音	中文
안경	[an-gyeong]	眼鏡
돋보기안경	[dot-ppo-gi-an-gyeong]	老花鏡
선글라스	[seon-geul-la-seu]	墨鏡
콘택트렌즈	[kon-taek-teu-ren-jeu]	隱形眼鏡
귀걸이	[gwi-geo-ri]	耳環
목걸이	[mok-kkeo-ri]	項鍊
반지	[ban-ji]	戒指

팔찌	[pal-jji]	手鐲
발찌	[bal-jji]	腳鏈
피어싱	[pi-eo-sing]	打（耳）洞
손목시계	[son-mok-si-gye]	手表
허리띠	[heo-ri-tti]	腰帶
브로치	[beu-ro-chi]	胸針
넥타이핀	[nek-ta-i-pin]	領帶夾
머리핀	[meo-ri-pin]	髮夾
머리끈	[meo-ri-kkeun]	髮圈
머리띠	[meo-ri-tti]	髮箍
집게핀	[jip-kke-pin]	夾子型髮夾
열쇠고리	[yeol-ssoe-go-ri]	鑰匙鏈／圈

핸드폰고리	[haen-deu-pon-go-ri]	手機鏈
모자	[mo-ja]	帽子
장갑	[jang-gap]	手套
넥타이	[nek-ta-i]	領帶
스카프	[seu-ka-peu]	絲巾
목도리	[mok-tto-ri]	圍巾
양말	[yang-mal]	襪子
스타킹	[seu-ta-king]	絲襪
신발	[sin-bal]	鞋子
구두	[gu-du]	皮鞋
하이힐	[ha-i-hil]	高跟鞋

05 화장품 ▶▶ MP3-28
[hwal-jang-pum] 化妝品

┃ 마스카라 써 봐도 돼요 ?　睫毛膏可以試用看看嗎？
[ma-seu-ka-ra sseo bwa-do dwae-yo]

語彙	羅馬拼音	中文
토너	[to-neo]	淨膚水
화장수	[hwa-jang-su]	化妝水
에센스	[e-sen-seu]	精華液
로션	[lo-syeon]	乳液
크림	[keu-rim]	乳霜
아이크림	[a-i-keu-im]	眼霜
선크림	[seon-keu-rim]	防曬乳

핸드크림	[haen-deu-keu-rim]	護手霜
메이크업베이스	[me-i-keu-eop-be-i-seu]	飾底乳
프라이머	[peu-ra-i-meo]	妝前乳
컨실러	[keon-sil-leo]	遮瑕膏
파운데이션	[pa-un-de-i-syeon]	粉底液
BB 크림	[bi-bi-keu-rim]	BB 霜
쿠션파운데이션	[ku-syeon-pa-un-de-i-syeon]	氣墊粉底
파우더	[pa-u-deo]	蜜粉
트윈케익	[teu-win-ke-ik]	兩用粉餅
아이브로우	[a-i-beu-ro-u]	眉筆
아이섀도	[a-i-syae-do]	眼影

아이라이너	[a-i-ra-i-neo]	眼線筆
마스카라	[ma-seu-ka-ra]	睫毛膏
인조속눈썹	[in-jo-song-nun-sseop]	假睫毛
치크	[chi-keu]	腮紅
블러셔	[beul-leo-syeo]	腮紅
매니큐어	[mae-ni-kyu-eo]	指甲油
립밤	[lip-ppam]	護唇膏
립글로스	[lip-geul-lo-seu]	唇蜜
틴트	[tin-teu]	唇彩
립스틱	[lip-seu-tik]	口紅
마스크팩	[ma-seu-keu-paek]	面膜

아이팩	[a-i-paek]	眼膜
코팩	[ko-paek]	鼻貼
나이트팩	[na-i-teu-paek]	晚安面膜

06 색깔

[saek-kkal] 顏色

▶▶ MP3-29

빨간색 없어요? 沒有紅色嗎？

[ppal-gan-saek eop-sseo-yo]

語彙	羅馬拼音	中文
빨간색	[ppal-gan-saek]	紅色
주황색	[ju-hwang-saek]	橘色
노란색	[no-ran-saek]	黃色
초록색	[cho-rok-ssaek]	綠色
파란색	[pa-ran-saek]	藍色
남색	[nam-saek]	深藍色
보라색	[bo-ra-saek]	紫色

아이보리색	[a-i-bo-ri-saek]	象牙白色
분홍색	[bun-hong-saek]	粉紅色
다홍색	[da-hong-saek]	絳紅色
연녹색	[yeon-nok-ssaek]	淺綠色
녹색	[nok-ssaek]	綠色
카키색	[ka-ki-saek]	卡其色
하늘색	[ha-neul-ssaek]	天空藍
흰색	[huin-saek]	白色
검정색	[geom-jeong-saek]	黑色
금색	[geum-saek]	金色
은색	[eun-saek]	銀色

회색	[hoe-saek]	灰色
갈색	[gal-saek]	棕色
커피색	[keo-pi-saek]	咖啡色
형광색	[hyeong-gwang-saek]	螢光色
진한색	[jin-han-saek]	深色
연한색	[yeon-han-saek]	淺色

07 교통

▶▶ MP3-30

[gyo-tong] 交通

기차 **타고 가요 .** 搭火車去。

[gi-cha ta-go ga-yo]

語彙	羅馬拼音	中文
자동차	[ja-dong-cha]	汽車
자가용	[ja-ga-yong]	私家車
택시	[taek-ssi]	計程車
모범택시	[mo-beom-taek-ssi]	模範計程車
콜택시	[kol-taek-ssi]	電話叫車
지하철	[ji-ha-cheol]	地鐵
버스	[beo-seu]	巴士

마을버스	[ma-eul-beo-seu]	社區小巴
시내버스	[si-nae-beo-seu]	市區巴士
시외버스	[si-oe-beo-seu]	長途巴士
고속버스	[go-sok-beo-seu]	客運
관광버스	[gwan-gwang-beo-seu]	遊覽車
스쿨버스	[seu-kul-beo-seu]	校車
셔틀버스	[syeo-teul-beo-seu]	接駁車
응급차	[eung-geup-cha]	救護車
경찰차	[gyeong-chal-cha]	警車
소방차	[so-bang-cha]	消防車
쓰레기차	[sseu-re-gi-cha]	垃圾車
스포츠카	[seu-po-cheu-ka]	跑車

렌트카	[len-teu-ka]	租車
케이블카	[ke-i-beul-ka]	纜車
트럭	[teu-reok]	卡車
배	[bae]	船
유람선	[yu-ram-seon]	遊船
크루즈	[keu-ru-jeu]	郵輪
기차	[gi-cha]	火車
비행기	[bi-haeng-gi]	飛機
헬리콥터	[hel-li-kop-teo]	直升機
자전거	[ja-jeon-geo]	腳踏車
오토바이	[o-to-ba-i]	摩托車

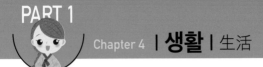

08 위치 , 방향

[wi-chi / bang-hyang] 位置、方向

▶▶ MP3-31

앞으로 가세요 . 請往前走。
[a-peu-ro ga-se-yo]

語彙	羅馬拼音	中文
이쪽	[i-jjok]	這邊
저쪽	[jeo-jjok]	那邊（近）
그쪽	[geu-jjok]	那邊（遠）
위	[wi]	上面
아래	[a-rae]	下面
지하	[ji-ha]	地下
앞	[ap]	前面
뒤	[dwi]	後面

전	[jeon]	前
후	[hu]	後
왼쪽	[oen-jjok]	左邊
오른쪽	[o-reun-jjok]	右邊
좌회전	[jwa-hoe-jeon]	左轉
우회전	[u-hoe-jeon]	右轉
안	[an]	裡面
밖	[bak]	外面
옆	[yeop]	旁邊
대각선	[dae-gak-seon]	斜角線
동쪽	[dong-jjok]	東邊
서쪽	[seo-jjok]	西邊

남쪽	[nam-jjok]	南邊
북쪽	[buk-jjok]	北邊
근처	[geun-cheo]	附近
부근	[bu-geun]	附近
중간	[jung-gan]	中間
중앙	[jung-ang]	中央
사이	[sa-i]	之間
건너편	[geon-neo-pyeon]	對面
맞은편	[ma-jeun-pyeon]	正對面
반대편	[ban-dae-pyeon]	對面； 反方向

09 서울지명

▶▶ MP3-32

[seo-ul-ji-myoeng] 首爾地名

경복궁에 가봤어요. 我去過景福宮。
[gyeong-bok-gung-e ga-bwat-sseo-yo]

語彙	羅馬拼音	中文
경복궁	[gyeong-bok-gung]	景福宮
청와대	[cheong-wa-dae]	青瓦臺
광화문광장	[gwang-hwa-mun-gwang-jang]	光化門廣場
시청	[si-cheong]	市政府
서울역	[seo-ul-lyeok]	首爾站
북촌한옥마을	[buk-chon-han-ok-ma-eul]	北村韓屋村
인사동	[in-sa-dong]	仁寺洞

명동	[myeong-dong]	明洞
동대문	[dong-dae-mun]	東大門
남대문	[nam-dae-mun]	南大門
청계천	[cheong-gye-cheon]	清溪川
서울남산타워	[seo-ul-nam-san-ta-wo]	首爾南山塔
조계사	[jo-gye-sa]	曹溪寺
보신각	[bo-sin-gak]	普信閣
명동성당	[myeong-dong-seong-dang]	明洞聖堂
교보문고	[gyo-bo-mun-go]	教保文庫
국립중앙박물관	[gung-nip-jung-ang-bang-mul-gwan]	國立中央博物館

세종문화회관	[se-jong-mun-hwa-hoe-gwan]	世宗文化會館
홍대	[hong-dae]	弘益大學
이대	[i-dae]	梨花大學
광장시장	[gwang-jang-si-jang]	廣藏市場
여의도광장	[yeo-ui-do-gwang-jang]	汝矣島廣場
한강공원	[han-gang-gong-won]	漢江公園
반포대교	[ban-po-dae-gyo]	盤浦大橋
강남	[gang-nam]	江南
압구정	[ap-gu-jeong]	狎鷗亭
신사동 가로수길	[sin-sa-dong ga-ro-su-gil]	新沙洞林蔭大道

PART 1

Chapter 4 | **생활** | 生活

이태원	[i-tae-won]	梨泰院
몽촌토성	[mong-chon-to-seong]	夢村土城
풍납토성	[pung-nap-to-seong]	風納土城
코엑스몰	[ko-ek-seu-mol]	COEX MALL
63 빌딩	[yuk-ssam-bil-ding]	63 大樓

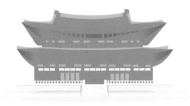

PART 2

導遊教你的
旅遊萬用句

01 가방 싸기

▶▶ MP3-33

[ga-bang-ssa-gi] 打包行李

01 | 한국 여행 준비 다 했어요 ?
[han-guk yeo-haeng jun-bi da hae-sseo-yo]
去韓國旅行都準備好了嗎 ?

02 | 그 가방에 뭐 넣었어요 ?
[geu ga-bang-e mwo neo-eo-sseo-yo]
那個包包裡放了什麼 ?

03 | 여권 잊지 마세요 .
[yeo-kkwon it-jji ma-se-yo]
請不要忘記護照。

04 | 가방에 더 이상 안 들어가요 .
[ga-bang-e deo i-sang an deu-reo-ga-yo]
包包裡放不下東西了。

05 | 이것은 손가방에 넣으세요 .
[i-geo-seun son-ga-bang-e neo-eu-se-yo]
請把這個放進手提行李裡。

06 | 그것은 친구에게 줄 대만 특산품이에요 .
[geu-geo-seun chin-gu-e-ge jul dae-man teuk-ssan-pu-mi-e-yo]
那是要送給朋友的台灣特產。

★ **이렇게 말해 보세요 .** 請這樣說說看。

01 책을 여행 가방에 넣으세요 .

[chae-geul yeo-haeng ga-bang-e neo-eu-se-yo]
請把書放進行李箱裡。

02 약을 여행 가방에 넣으세요 .

[ya-geul yeo-haeng ga-bang-e neo-eu-se-yo]
請把藥品放進行李箱裡。

03 수건은 배낭에 넣으세요 .

[su-geo-neun bae-nang-e neo-eu-se-yo]
請把毛巾放進背包裡。

04 입었던 옷은 배낭에 넣으세요 .

[i-beot-tteon o-seun bae-nang-e neo-eu-se-yo]
請把穿過的衣服放進背包裡。

05 세면도구는 캐리어에 넣으세요 .

[se-myeon-do-gu-neun kae-ri-eo-e neo-eu-se-yo]
請把盥洗用品放進行李箱裡。

06 치약은 캐리어에 넣으세요 .

[chi-ya-geun kae-ri-eo-e neo-eu-se-yo]
請把牙膏放進行李箱裡。

07 ┃ 화장품은 캐리어에 넣으세요.
[hwa-jang-pu-meun kae-ri-eo-e neo-eu-se-yo]
請把化妝品放進行李箱裡。

08 ┃ 액체류는 캐리어에 넣으세요.
[aek-che-ryu-neun kae-ri-eo-e neo-eu-se-yo]
請把液體類放進行李箱裡。

02 확인하기

[hwa-gin-ha-gi] 確認

. . . .

01 잊은 물건 없지요 ?
[i-jeun mul-geon eop-jji-yo]
沒有忘了東西吧 ?

02 약을 깜빡했어요 .
[ya-geul kkam-ppa-kae-sseo-yo]
我忘了藥品。

03 드라이어는 필요 없어요 .
[deu-ra-i-eo-neun pi-ryo eop-sseo-yo]
不需要吹風機。

04 컵라면은 안 가지고 가도 돼요 .
[keom-na-myeo-neun an ga-ji-go ga-do dwae-yo]
不用帶杯麵也可以。

05 여행용 목베개를 가져가는 게 좋겠어요 .
[yeo-haeng-yong mok-be-gae-reul ga-jyeo-ga-neun ge jo-ke-sseo-yo]
帶旅行用護頸枕比較好。

06 무게가 넘을 거 같아요 .
[mu-ge-ga neo-meul kkeo ga-ta-yo]
好像會超重。

. . . .

★ **이렇게 말해 보세요 .** 請這樣說說看。

01 | 가방 안에 지갑이 있어요 .

[ga-bang a-ne ji-ga-bi i-sseo-yo]

包包裡有錢包。

02 | 가방 안에 탑승권이 있어요 .

[ga-bang a-ne tap-sseung-kkwo-ni i-sseo-yo]

包包裡有登機證。

03 | 가방 안에 비행기표가 있어요 .

[ga-bang a-ne bi-haeng-gi-pyo-ga i-sseo-yo]

包包裡有飛機票。

04 | 가방 안에 신용카드가 있어요 .

[ga-bang a-ne si-nyong-ka-deu-ga i-sseo-yo]

包包裡有信用卡。

05 | 가방 안에 배터리가 없어요 .

[ga-bang a-ne bae-teo-ri-ga eop-sseo-yo]

包包裡沒有電池。

06 | 가방 안에 손톱깎이가 없어요 .

[ga-bang a-ne son-top-kka-kki-ga eop-sseo-yo]

包包裡沒有指甲刀。

07 가방 안에 면도칼이 없어요 .

[ga-bang a-ne myeon-do-ka-ri eop-sseo-yo]

包包裡沒有刮鬍刀。

08 가방 안에 헤어스프레이가 없어요 .

[ga-bang a-ne he-eo-seu-peu-re-i-ga eop-sseo-yo]

包包裡沒有噴霧定型液。

01 입국심사 받기

▶▶ MP3-35

[ip-kkuk-sim-sa bat-kki] 接受入境審查

· ·

01 | 여권하고 출입국신고서 보여주십시오 .
[yeo-kkwon-ha-go chu-rip-kkuk-sin-go-seo bo-yeo-ju-sip-ssi-o]
請給我看一下護照和入境卡。

02 | 한국에 온 목적이 무엇입니까 ?
[han-gu-ge on mok-jjeo-gi mu-eo-sim-ni-kka]
來韓國的目的是什麼？

03 | 한국에 얼마정도 계실 겁니까 ?
[han-gu-ge eol-ma-jeong-do gye-sil kkeom-ni-kka]
在韓國停留多久？

04 | 삼일 동안 있을 겁니다 .
[sa-mil dong-an i-sseul kkeom-ni-da]
會待三天。

05 | 일주일 동안 있을 거예요 .
[il-jju-il dong-an i-sseul kkeo-ye-yo]
會待一個星期。

06 | 일박 이일 동안 있을 거예요 .
[il-bak i-il dong-an i-sseul kkeo-ye-yo]
會待二天一夜。

· ·

★ **이렇게 말해 보세요** . 請這樣說說看。

- -

01 **관광하러 왔습니다** .
[gwan-gwang-ha-reo wat-sseum-ni-da]
我來觀光。

02 **놀러 왔습니다** .
[nol-leo wat-sseum-ni-da]
我來玩。

03 **학술회의에 참가하러 왔습니다** .
[hak-ssul-hoe-ui-e cham-ga-ha-reo wat-sseum-ni-da]
我來參加學術會議。

04 **친구를 만나러 왔습니다** .
[chin-gu-reul man-na-reo wat-sseum-ni-da]
我來拜訪朋友。

05 **가족을 만나러 왔어요** .
[ga-jo-geul man-na-reo wa-sseo-yo]
我來拜訪親戚。

06 **유학 왔어요** .
[yu-hak wa-sseo-yo]
我來留學。

- -

07 | 출장 왔어요 .

[chul-jjang wa-sseo-yo]
我來出差。

08 | 졸업 여행 왔어요 .

[jo-reop yeo-haeng wa-sseo-yo]
我來畢業旅行。

02 가방 찾기

▶▶ MP3-36

[ga-bang chat-kki] 領取行李

. . . .

01 왜 그래요 ?

[wae geu-rae-yo]

怎麼了？

02 가방이 안 보여요 .

[ga-bang-i an bo-yeo-yo]

包包不見了。

03 어떡하죠 ?

[eo-tteo-ka-jyo]

怎麼辦呢？

04 수화물표 갖고 계세요 ?

[su-hwa-mul-pyo gat-kko gye-se-yo]

有帶行李牌嗎？

05 저기요 , 이거 제 가방인데요 .

[jeo-gi-yo, i-geo je ga-bang-in-de-yo]

不好意思，這是我的包包喔。

06 가방이 대만에서 안 온 거 같아요 .

[ga-bang-i dae-ma-ne-seo an on geo ga-ta-yo]

包包好像沒有從台灣過來。

. . . .

★ **이렇게 말해 보세요 .** 請這樣説説看。

01 | 화장실이 어디에 있어요 ?
[hwa-jang-si-ri eo-di-e i-sseo-yo]
洗手間在哪裡？

02 | 정수기가 어디에 있어요 ?
[jeong-su-gi-ga eo-di-e i-sseo-yo]
飲水機在哪裡？

03 | 카트가 어디에 있어요 ?
[ka-teu-ga eo-di-e i-sseo-yo]
推車在哪裡？

04 | 환전소가 어디에 있어요 ?
[hwan-jeon-so-ga eo-di-e i-sseo-yo]
外幣兌換處在哪裡？

05 | 검역소가 어디에 있어요 ?
[geo-myeok-sso-ga eo-di-e i-sseo-yo]
檢疫所在哪裡？

06 | 관광안내센터가 어디에 있어요 ?
[gwan-gwang-an-nae-sen-teo-ga eo-di-e i-sseo-yo]
觀光資訊中心在哪裡？

07 **가방 찾는 곳이 어디에 있어요 ?**
[ga-bang chan-neun go-si eo-di-e i-sseo-yo]
領取行李的地方在哪裡 ?

08 **공항버스 타는 곳이 어디에 있어요 ?**
[gong-hang-beo-seu ta-neun go-si eo-di-e i-sseo-yo]
搭乘機場巴士的地方在哪裡 ?

03 세관 신고

▶▶ MP3-37

[se-gwan sin-go] 報關

· ·

01 | 세관 신고하실 물건이 있습니까 ?
[se-gwan sin-go-ha-sil mul-geo-ni it-sseum-ni-kka]
您有要報關的物品嗎 ?

02 | 아니요 , 없습니다 .
[a-ni-yo, eop-sseum-ni-da]
不，沒有。

03 | 가방 좀 열어 주십시오 .
[ga-bang jom yeo-reo ju-sip-ssi-o]
請您打開包包。

04 | 이게 무엇입니까 ?
[i-ge mu-eo-sim-ni-kka]
這是什麼 ?

05 | 육류나 과일은 반입금지입니다 .
[yung-nyu-na gwa-i-reun ba-nip-geum-ji-im-ni-da]
肉製品和水果禁止攜入。

06 | 모조품은 반입금지입니다 .
[mo-jo-pu-meun ba-nip-geum-ji-im-ni-da]
仿冒品禁止攜入。

· ·

★ **이렇게 말해 보세요 .** 請這樣說說看。

01 이것은 파인애플케이크입니다 .

[i-geo-seun pa-i-nae-peul-ke-i-keu-im-ni-da]
這是鳳梨酥。

02 저것은 누가크래커입니다 .

[jeo-geo-seun nu-ga-keu-rae-keo-im-ni-da]
那是牛軋餅。

03 그것은 한약입니다 .

[geu-geo-seun ha-nya-gim-ni-da]
那是中藥。

04 이건 친구에게 줄 선물이에요 .

[i-geon chin-gu-e-ge jul seon-mu-ri-e-yo]
這是要給朋友的禮物。

05 이건 월병이에요 .

[i-geon wol-byeong-i-e-yo]
這是月餅。

06 저건 망고젤리예요 .

[jeo-geon mang-go-jel-li-ye-yo]
那是芒果果凍。

07 | 그건 우롱차예요.
[geu-geon u-rong-cha-ye-yo]
那是烏龍茶。

08 | 그건 제 것이 아니에요.
[geu-geon je kkeo-si a-ni-e-yo]
那不是我的。

04 환전

▶▶ MP3-38

[hwan-jeon] 換錢

01. 환전해 주세요 .

[hwan-jeon-hae ju-se-yo]
請幫我換錢。

02. 오만 원짜리로 바꿔 주세요 .

[o-man won-jja-ri-ro ba-kkwo ju-se-yo]
請幫我兌換五萬元的紙鈔。

03. 만 원짜리로 환전해 주세요 .

[man nwon-jja-ri-ro hwan-jeon-hae ju-se-yo]
請幫我兌換一萬元的紙鈔。

04. 백 원짜리 동전으로 바꿔 주세요

[bae gwon-jja-ri dong-jeo-neu-ro ba-kkwo ju-se-yo]
請幫我兌換一百元的硬幣。

05. 이 돈은 환전이 안 됩니다 .

[i do-neun hwan-jeo-ni an doem-ni-da]
這筆錢不能兌換。

06. 환전업무는 저녁 열한 시까지입니다 .

[hwan-jeon-eom-mu-neun jeo-nyeok yeol-han si-kka-ji-im-ni-da]
外幣兌換業務到晚上十一點。

★ **이렇게 말해 보세요.** 請這樣説説看。

01 | 대만 돈을 한국 돈으로 환전해 주시겠어요 ?

[dae-man do-neul han-guk do-neu-ro hwan-jeon-hae ju-si-ge-sseo-yo]

請幫我把台幣兌換成韓幣好嗎 ?

02 | 미국 달러를 한국 돈으로 환전해 주시겠어요 ?

[mi-guk dal-leo-reul han-guk do-neu-ro hwan-jeon-hae ju-si-ge-sseo-yo]

請幫我把台幣兌換成韓幣好嗎 ?

03 | 호주 달러를 한국 돈으로 바꿔 주시겠어요 ?

[ho-ju dal-leo-reul han-guk do-neu-ro ba-kkwo ju-si-ge-sseo-yo]

請幫我把澳幣兌換成韓幣好嗎 ?

04 | 캐나다 달러를 한국 돈으로 바꿔 주시겠어요 ?

[kae-na-da dal-leo-reul han-guk do-neu-ro ba-kkwo ju-si-ge-sseo-yo]

請幫我把加幣兌換成韓幣好嗎 ?

05 | 인민폐를 원화로 환전해 주세요 .

[in-min-pye-reul won-hwa-ro hwan-jeon-hae ju-se-yo]

請幫我把人民幣兌換成韓幣。

유로를 원화로 환전해 주세요 .

[yu-ro-reul won-hwa-ro hwan-jeon-hae ju-se-yo]
請幫我把歐元兌換成韓幣。

영국 파운드를 원화로 바꿔 주세요 .

[yeong-guk pa-un-deu-reul won-hwa-ro ba-kkwo ju-se-yo]
請幫我把英鎊兌換成韓幣。

일본 엔화를 원화로 바꿔 주세요 .

[il-bon en-hwa-reul won-hwa-ro ba-kkwo ju-se-yo]
請幫我把日幣兌換成韓幣。

01 기차역에서

▶▶ MP3-39

[gi-cha-yeo-ge-seo] 在火車站

01 | 실례합니다 .
[sil-lye-ham-ni-da]
失禮了；不好意思。

02 | 저 , (춘천) 에 가려고 하는데요 .
[jeo, (chun-cheo-n)-e ga-ryeo-go ha-neun-de-yo]
不好意思，我打算去（春川）。

03 | 이 기차 , (천안) 에 가요 ?
[i gi-cha, (cheo-na-n)e ga-yo]
這列車，到（天安）嗎？

04 | (부산) 행 KTX 는 몇 번 플랫폼이에요 ?
[(bu-san)-haeng KTX-neun myeot ppeon peul-laet-po-mi-e-yo]
開往（釜山）的高鐵是幾號月台？

05 | 다음 역이 (전주) 역이에요 ?
[da-eum yeo-gi (jeon-ju)-yeo-gi-e-yo]
下一站是（全州）站嗎？

06 | 이번 역에서 내리면 돼요 .
[i-beon yeo-ge-seo nae-ri-myeon dwae-yo]
在這一站下車就好了。

★ **이렇게 말해 보세요.** 請這樣說説看。

01 **매표소가 어디예요?**
[mae-pyo-so-ga eo-di-ye-yo]
售票處在哪裡?

02 **개찰구가 어디예요?**
[gae-chal-gu-ga eo-di-ye-yo]
剪票口在哪裡?

03 **관광안내소가 어디에 있어요?**
[gwan-gwang-an-nae-so-ga eo-di-e i-sseo-yo]
觀光資訊中心在哪裡?

04 **출구가 어디에 있어요?**
[chul-gu-ga eo-di-e i-sseo-yo]
出口在哪裡?

05 **기차표는 어디에서 사요?**
[gi-cha-pyo-neun eo-di-e-seo sa-yo]
在哪裡買火車票?

06 **도시락은 어디에서 사요?**
[do-si-ra-geun eo-di-e-seo sa-yo]
在哪裡買便當?

PART 2

Chapter 3 | **교통** | 交通

07 | (오송) 행 열차는 어디에서 타요 ?

[(o-song)-haeng yeol-cha-neun eo-di-e-seo ta-yo]

在哪裡搭開往（五松）的列車？

08 | (광주) 행 열차는 어디에서 타요 ?

[(gwang-ju)-haeng yeol-cha-neun eo-di-e-seo ta-yo]

在哪裡搭開往（光州）的列車？

02 매표소에서 ▶▶ MP3-40

[mae-pyo-so-e-seo] 在購票處

. . . .

01 (서울) 행 두 장 주세요 .

[(seo-ul)-haeng du jang ju-se-yo]
請給我開往 (首爾) 的票兩張。

02 이 자리는 제 자리인데요 .

[i ja-ri-neun je ja-ri-in-de-yo]
這位子是我的位子呢。

03 승차권 좀 보여 주세요 .

[seung-cha-gwon jom bo-yeo ju-se-yo]
請給我看一下車票。

04 잠시만 기다려 주세요 .

[jam-si-man gi-da-ryeo ju-se-yo]
請稍等一下。

05 (오만 구천팔백) 원입니다 .

[(o-man gu-cheon-pal-bae-k) wo-nim-ni-da]
是 (五萬九千八百) 元。

06 (이만 팔천육백) 원입니다 .

[(i-man pal-cheon-yuk-ppae-k) wo-nim-ni-da]
是 (兩萬八千六百) 元。

. . . .

PART 2

Chapter 3 | **교통** | 交通

★ **이렇게 말해 보세요 .** 請這樣説説看。

01 | (대전) 행 왕복 한 장 주세요 .
[(dae-jeon)-haeng wang-bok han jang ju-se-yo]
請給我一張開往（大田）的來回票。

02 | (서울) 행 편도 한 장 주세요 .
[(seo-ul)-haeng pyeon-do han jang ju-se-yo]
請給我一張開往（首爾）的單程票。

03 | 자유석 한 장 주세요 .
[ja-yu-seok han jang ju-se-yo]
請給我一張自由座車票。

04 | 입석 두 장 주세요 .
[ip-seok du-jang ju-se-yo]
請給我兩張站票。

05 | 특실 두 장 주세요 .
[teuk-ssil du-jang ju-se-yo]
請給我兩張特室座（商務艙）。

06 | (대구) 으로 가는 KTX 일반석 두 장 주세요 .
[(dae-gu)-eu-ro ga-neun KTX il-ban-seok du jang ju-se-yo]
請給我兩張開往（大邱）的高鐵一般座車票。

07 (정동진) 으로 가는 바다열차 커플석 두 장 주세요

[(jeong-dong-ji-n)eu-ro ga-neun ba-da-yeol-cha keo-peul-seok du jang ju-se-yo]

請給我兩張開往（正東津）的海洋列車情侶座車票。

08 (가평) 으로 가는 ITX 청춘열차 자유석 세 장 주세요.

[(ga-pyeong)-eu-ro ga-neun ITX cheong-chun-yeol-cha ja-yu-seok se jang ju-se yo]

請給我三張開往（加平）的 ITX 青春列車自由座車票。

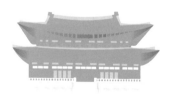

03 지하철역에서

▶▶ MP3-41

[ji-ha-cheol-lyeo-ge-seo] 在地鐵站

01 | (인사동) 은 어디에서 내려야 돼요 ?
[(in-sa-dong)-eun eo-di-e-seo nae-ryeo-ya dwae-yo]
（仁寺洞）要在哪裡下車？

02 | 여기에서 내려야 돼요 .
[yeo-gi-e-seo nae-ryeo-ya dwae-yo]
在這裡下車才行。

03 | 다음 역에서 내리세요 .
[da-eum nyeo-ge-seo nae-ri-se-yo]
請在下一站下車。

04 | 이번 역에서 갈아타세요 .
[i-beon nyeo-ge-seo ga-ra-ta-se-yo]
請在這一站轉車。

05 | 티머니 카드 어디에서 충전해요 ?
[ti-meo-ni ka-deu eo-di-e-seo chung-jeon-hae-yo]
T-money 卡在哪裡儲值？

06 | 조심하세요 .
[jo-sim-ha-se-yo]
請小心。

★ **이렇게 말해 보세요 .** 請這樣説説看。

- -

01 (명동) 역까지 어떻게 가요 ?

[(myeong-dong)-yeok-kka-ji eo-tteo-ke ga-yo]
到 (明洞) 站怎麼走 ?

02 (신사역) 까지 어떻게 가요 ?

[(sin-sa)-yeok-kka-ji eo-tteo-ke ga-yo]
到 (新沙) 站怎麼走 ?

03 (강남고속터미널) 역까지 어떻게 가요 ?

[(gang-nam-go-sok-teo-mi-neo-l) yeok-kka-ji eo-tteo-ke ga-yo]
到 (江南轉運) 站怎麼走 ?

04 가까운 지하철역까지 어떻게 가요 ?

[ga-kka-un ji-ha-cheol-lyeok-kka-ji eo-tteo-ke ga-yo]
到最近的地的站怎麼走 ?

05 다음 열차를 타면 돼요 .

[da-eum yeol-cha-reul ta-myeon dwae-yo]
搭下一班列車就好了 。

06 일 번 출구로 나가면 돼요 .

[il beon chul-gu-ro na-ga-myeon dwae-yo]
往一號出口出去就好了 。

- -

07 | 다음 역에서 내리면 돼요 .

[da-eum nyeo-ge-seo nae-ri-myeon dwae-yo]
在下一站下車就好了。

08 | 이번 역에서 이 호선으로 갈아타면 돼요 .

[i-beon nyeo-ge-seo i ho-seo-neu-ro ga-ra-ta-myeon dwae-yo]
在這一站轉乘二號線就好了。

04 버스 타기

[beo-seu ta-gi] 搭公車

▶▶ MP3-42

이 버스 충무로 가요 ?

[i beo-seu chung-mu-ro ga-yo]

這公車到忠武路嗎 ?

광화문 아직 멀었어요 ?

[gwang-hwa-mun a-jik meo-reo-sseo-yo]

到光化門還很遠嗎 ?

남대문은 아까 지나쳤어요 .

[nam-dae-mu-neun a-kka ji-na-chyeo-sseo-yo]

南大門剛才經過了 。

버스를 잘못 탔어요 .

[beo-seu-reul jal-mot ta-sseo-yo]

我搭錯巴士了 。

저 좀 내릴게요 .

[jeo jom nae-ril-kke-yo]

讓我下車 。

티머니 카드 잔액이 부족해요 .

[ti-meo-ni ka-deu ja-nae-gi bu-jo-kae-yo]

T-money 卡餘額不足 。

★ **이렇게 말해 보세요 .** 請這樣説説看。

01 | 어디에서 내려요 ?

[eo-di-e-seo nae-ryeo-yo]

在哪裡下車 ?

02 | 이번 정류장에서 내려요 .

[i-beon jeong-nyu-jang-e-seo nae-ryeo-yo]

在這一站下車。

03 | 이번 정거장에서 내려요 .

[i-beon jeong-geo-jang-e-seo nae-ryeo-yo]

在這一站下車。

04 | 다음 정거장에서 내려요 .

[da-eum jeong-geo-jang-e-seo nae-ryeo-yo]

在下一站下車。

05 | (서울역) 은 몇 번 버스를 타고 가요 ?

[(seo-ul-lyeo-k)eun myeot ppeon beo-seu-reul ta-go ga-yo]

(首爾站) 要搭幾號公車去 ?

06 | (백삼) 번 버스를 타고 가요 .

[(baek-ssam) beon beo-seu-reul ta-go ga-yo]

搭（103）號巴士去。

07 | (천칠백십일) 번 버스를 타고 가요 .

[(cheon-chil-baek-si-bil) beon beo-seu-reul ta-go ga-yo]

搭（1711）號巴士去。

08 | (칠천십육) 번 버스를 타고 가요 .

[(chil-cheon-sim-nyuk) beon beo-seu-reul ta-go ga-yo]

搭（7016）號巴士去。

05 택시 타기

▶▶ MP3-43

[taek-ssi ta-gi] 搭計程車

- -

01 | 어디까지 가세요 ?

[eo-di-kka-ji ga-se-yo]
請問到哪裡 ?

02 | 정동극장 가 주세요 .

[jeong-dong-geuk-jjang ga ju-se-yo]
麻煩到貞洞劇場。

03 | 시청이요 .

[si-cheong-i-yo]
到市政府。

04 | 홍대입구요 .

[hong-dae-ip-kku-yo]
到弘益大學入口。

05 | 빨리 가 주세요 .

[ppal-li ga ju-se-yo]
請您開快一點。

06 | 천천히 가 주세요 .

[cheon-cheon-hi ga ju-se-yo]
請您開慢一點。

- -

★ **이렇게 말해 보세요** . 請這樣說說看。

이대 앞까지 가 주세요 .
[i-dae ap-kka-ji ga ju-se-yo]
麻煩到梨花大學前面。

롯데 호텔까지 가 주세요 .
[lot-tte ho-tel-kka-ji ga ju-se-yo]
麻煩到樂天飯店。

인천 공항까지 가 주세요 .
[in-cheon gong-hang-kka-ji ga ju-se-yo]
麻煩到仁川機場。

김포 공항까지 가 주세요 .
[gim-po gong-hang-kka-ji ga ju-se-yo]
麻煩到金浦機場。

여기에서 세워 주세요 .
[yeo-gi-e-seo se-wo ju-se-yo]
麻煩停在這裡。

저 앞에서 세워 주세요 .
[jeo a-pe-seo se-wo ju-se-yo]
麻煩停在前面。

07 | 저기 사거리에서 내려 주세요.
[jeo-gi sa-geo-ri-e-seo nae-ryeo ju-se-yo]
麻煩在那裡的十字路口讓我下車。

08 | 저기 신호등 앞에서 내려 주세요.
[jeo-gi sin-ho-deung a-pe-seo nae-ryeo ju-se-yo]
麻煩在那裡的紅綠燈前讓我下車。

06 유람선 타기

▶▶ MP3-44

[yu-ram-seon ta-gi] 搭遊覽船

- -

01 같이 한강 유람선 타러 갈래요 ?

[ga-chi han-gang yu-ram-seon ta-reo gal-lae-yo]
要不要一起去搭漢江遊覽船？

02 같이 한강 불꽃 크루즈 타러 갈래요 ?

[ga-chi han-gang bul-kkot keu-ru-jeu ta-reo gal-lae-yo]
要不要一起去搭漢江煙火遊覽船？

03 같이 유람선 타고 야경 구경할래요 ?

[ga-chi yu-ram-seon ta-go ya-gyeong gu-gyeong-hal-lae-yo]
要不要一起搭遊覽船看夜景？

04 표 예약했어요 ?

[pyo ye-ya-kae-sseo-yo]
訂票了嗎？

05 좌석 예약했어요 .

[jwa-seok ye-ya-kae-sseo-yo]
預約位子了。

06 유람선 예약했어요 .

[yu-ram-seon ye-ya-kae-sseo-yo]
預約了遊覽船。

- -

★ **이렇게 말해 보세요** . 請這樣說說看。

01 | 유람선에서 추억을 만들고 싶어요 .
[yu-ram-seo-ne-seo chu-eo-geul man-deul-go si-peo-yo]
我想要在遊覽船製造回憶。

02 | 유람선에서 점심 뷔페 먹고 싶어요 .
[yu-ram-seo-ne-seo jeom-sim bwi-pe meok-kko si-peo-yo]
我想要在遊覽船吃自助中餐。

03 | 유람선에서 저녁 뷔페 먹고 싶어요 .
[yu-ram-seo-ne-seo jeo-nyeok bwi-pe meok-kko si-peo-yo]
我想要在遊覽船吃自助晚餐。

04 | 달빛 크루즈 타고 야경 보고 싶어요 .
[dal-bit keu-ru-jeu ta-go ya-gyeong bo-go si-peo-yo]
我想要坐月光遊覽船看夜景。

05 | 뮤직 크루즈 타고 재즈 공연 보고 싶어요 .
[myu-jik keu-ru-jeu ta-go jae-jeu gong-yeon bo-go si-peo-yo]
我想要坐音樂遊覽船看爵士表演

06 | 한강 유람선 타고 힐링하고 싶어요 .
[han-gang yu-ram-seon ta-go hil-ling-ha-go si-peo-yo]
我想要坐漢江遊覽船得到療癒。

07 유람선에서 프로포즈하고 싶어요 .
[yu-ram-seo-ne-seo peu-ro-po-jeu-ha-go si-peo-yo]
我想要在遊覽船求婚。

08 유람선에서 결혼하고 싶어요 .
[yu-ram-seo-ne-seo gyeol-hon-ha-go si-peo-yo]
我想要在遊覽船結婚。

01 숙소예약

▶▶ MP3-45

[suk-sso-ye-yak] 預約住宿

- -

01 | 더블룸 하나 예약하고 싶은데요 .
[deo-beul-lum ha-na ye-ya-ka-go si-peun-de-yo]
我想要訂一間雙人房。

02 | 온돌방 하나 예약하고 싶은데요 .
[on-dol-bang ha-na ye-ya-ka-go si-peun-de-yo]
我想要訂一間地暖式房間。

03 | 오션뷰로 예약하고 싶은데요 .
[o-syeon-byu-ro ye-ya-ka-go si-peun-de-yo]
我想要訂海景房。

04 | 인터넷으로 예약했는데요 .
[in-teo-ne-seu-ro ye-ya-kaen-neun-de-yo]
我在網站訂房了。

05 | 예약 취소하려고 하는데요 .
[ye-yak chwi-so-ha-ryeo-go ha-neun-de-yo]
我想要取消預約。

06 | 몇 박 며칠 동안 묵으실 거예요 ?
[myeot ppak myeo-chil dong-an mu-geu-sil kkeo-ye-yo]
您要住幾天幾夜

07 | 이박 삼일 동안 묵을 거예요 .
[i-bak ssa-mil dong-an mu-geul kkeo-ye-yo]
我要住三天兩夜。

- -

★ **이렇게 말해 보세요.** 請這樣說說看。

· ·

01 조용한 방으로 예약하고 싶은데요.

[jo-yong-han bang-eu-ro ye-ya-ka-go si-peun-de-yo]
我想要訂安靜的房間。

02 풍경이 멋있는 방으로 예약하고 싶은데요.

[pung-gyeong-i meo-sin-neun bang-eu-ro ye-ya-ka-go si-peun-de-yo]
我想要訂風景不錯的房間。

03 깨끗한 방으로 예약하고 싶은데요

[kkae-kkeu-tan bang-eu-ro ye-ya-ka-go si-peun-de-yo]
我想要訂乾淨的房間。

04 바다가 보이는 방으로 예약하고 싶은데요.

[ba-da-ga bo-i-neun bang-eu-ro ye-ya-ka-go si-peun-de-yo]
我想要訂看得到大海的房間

05 싱글룸 하나 예약하려고 하는데요.

[sing-geul-lum ha-na ye-ya-ka-ryeo-go ha-neun-de-yo]
我打算訂一間單人房。

06 더블룸 하나 예약하려고 하는데요.

[deo-beul-lum ha-na ye-ya-ka-ryeo-go ha-neun-de-yo]
我打算訂一間雙人房（一張大床）。

· ·

07 ┃ 트윈룸 하나 예약하려고 하는데요 .

[teu-win-lum ha-na ye-ya-ka-ryeo-go ha-neun-de-yo]

我打算訂一間雙人房（兩張單人床）。

08 ┃ 패밀리룸 하나 예약하려고 하는데요 .

[pae-mil-li-rum ha-na ye-ya-ka-ryeo-go ha-neun-de-yo]

我打算訂一間家庭房。

02　체크인 , 체크아웃

▶▶ MP3-46

[che-keu-in, che-keu-a-ut] 登記、退房

성함이 어떻게 되세요 ?

[seong-ha-mi eo-tteo-ke doe-se-yo]
請問大名 ?

예약 번호가 어떻게 되세요 ?

[ye-yak bbeon-ho-ga eo-tteo-ke doe-se-yo]
請問一下預約號碼 ?

바우처 좀 보여주시겠어요

[ba-u-cheo jom bo-yeo-ju-si-ge-sseo-yo]
請給我看一下收據好嗎 ?

여권 좀 보여주시겠어요 ?

[yeo-kkwon jom bo-yeo-ju-si-ge-sseo-yo]
請給我看一下護照好嗎 ?

룸키 좀 주시겠어요 ?

[rum-ki jom ju-si-ge-sseo-yo]
請給我一下房間鑰匙好嗎 ?

룸카드 좀 주시겠어요 ?

[rum-ka-deu jom ju-si-ge-sseo-yo]
請給我一下房間卡好嗎 ?

여기에 사인 좀 해 주시겠어요 ?

[yeo-gi-e sa-in jom hae ju-si-ge-sseo-yo]
請在這裡簽名一下好嗎 ?

★ **이렇게 말해 보세요**. 請這樣説説看。

01 │ 체크인 시간이 몇 시부터예요 ?

[che-keu-in si-ga-ni myeot ssi-bu-teo-ye-yo]

辦理登記的時間是幾點開始 ?

02 │ 체크아웃 시간이 몇 시까지예요 ?

[che-keu-a-ut si-ga-ni myeot ssi-kka-ji-ye-yo]

退房時間到幾點 ?

03 │ 체크인 하려고 하는데요

[che-keu-in ha-ryeo-go ha-neun-de-yo]

我要辦裡登記手續。

04 │ 체크아웃 하려고 하는데요 .

[che-keu-a-u-ta-ryeo-go ha-neun-de-yo]

我要退房。

05 │ 예약 확인 하려고 하는데요 .

[ye-ya hwa-gin ha-ryeo-go ha-nuen-de-yo]

我要確認預約。

06 │ 룸키를 맡기려고 하는데요 .

[rum-ki-reul mat-kki-ryeo-go ha-neun-de-yo]

我要寄放房卡。

07. 가방을 맡기려고 하는데요 .

[ga-bang-eul mat-kki-ryeo-go ha-neun-de-yo]
我要寄放包包。

08. 귀중품을 맡기려고 하는데요 .

[gwi-jung-pu-meul mat-kki-ryeo-go ha-neun-de-yo]
我要委託保管貴重物品。

03 프론트에 전화하기

▶▶ MP3-47

[peu-ron-teu-e jeon-hwa-ha-gi] 打電話給櫃台

---

01 | 네 , 프론트입니다 .
[ne, peu-ron-teu-im-ni-da]
是，這裡是櫃台。

02 | 무엇을 도와드릴까요 ?
[mu-eo-seul do-wa-deu-ril-kka-yo]
有什麼需要幫忙嗎？

03 | 콘센트 좀 빌릴 수 있을까요 ?
[kon-sen-teu jom bil-lil ssu i-sseul-kka-yo]
我可以借插座嗎？

04 | 플러그 좀 빌릴 수 있을까요 ?
[peul-leo-geu jom bil-lil ssu i-sseul-kka-yo]
我可以借插頭嗎？

05 | 룸으로 좀 갖다주실 수 있어요 ?
[ru-meu-ro jom gat-tta-ju-sil ssu i-sseo-yo]
可以送到房間嗎

06 | 객실 와이파이 비밀번호 좀 알려주시겠어요 ?
[gaek-ssil wa-i-pa-i bi-mil-beon-ho jom al-lyeo-ju-si-ge-sseo-yo]
可以告訴我房間 Wi-Fi 的密碼嗎？

★ **이렇게 말해 보세요** . 請這樣説説看。

01 문이 안 열려요 .
[mu-ni an yeol-lyeo-yo]
門打不開。

02 불이 안 켜져요 .
[bu-ri an kyeo-jyeo-yo]
不能開燈。

03 욕실에 물이 안 나와요 .
[yok-ssi-re mu-ri an na-wa-yo]
浴室裡沒有水。

04 변기 물이 안 내려가요 .
[byeon-gi mu-ri an nae-ryeo-ga-yo]
馬桶堵住了。

05 텔레비전이 안 나와요 .
[tel-le-bi-jeo-ni an na-wa-yo]
電視不能開機。

06 에어컨이 안 돼요 .
[e-eo-keo-ni an dwae-yo]
冷氣不能開機。

07 | **리모컨이 안 돼요 .**
[li-mo-keo-ni an dwae-yo]
遙控器有問題。

08 | **드라이어가 안 돼요 .**
[deu-ra-i-eo-ga an dwae-yo]
吹風機有問題。

04 컴플레인하기

▶▶ MP3-48

[keom-peul-le-in-ha-gi] 投訴

01 옆방이 너무 시끄러워요
[yeop-ppang-i neo-mu si-kkeu-reo-wo-yo]
隔壁房間太吵了。

02 에어컨 소리가 너무 커요 .
[e-eo-keon so-ri-ga neo-mu keo-yo]
冷氣聲音太吵了。

03 침대가 너무 더러워요 .
chim-dae-ga neo-mu deo-reo-wo-yo]
床太髒了。

04 이불이 너무 더러워요 .
[i-bu-ri neo-mu deo-reo-wo-yo]
棉被太髒了。

05 카펫에 오물이 묻었어요 .
[ka-pe-se o-mu-ri mu-deo-sseo-yo]
在地毯上有髒東西。

06 방에서 담배 냄새가 나요 .
[bang-e-seo dam-bae naem-sae-ga na-yo]
在房間裡有菸味。

★ **이렇게 말해 보세요 .** 請這樣說說看。

01 | 욕실 좀 청소해 주세요 .
[yok-ssil jom cheong-so-hae ju-se-yo]
拜託您幫我打掃浴室。

02 | 쓰레기 좀 비워 주세요 .
[sseu-re-gi jom bi-wo ju-se-yo]
請幫我倒垃圾。

03 | 방 좀 바꿔 주세요 .
[bang jom ba-kkwo ju-se-yo]
請幫我換房間。

04 | 이불 좀 바꿔 주세요 .
[i-bul jom ba-kkwo ju-se-yo]
請幫我換棉被。

05 | 수건 좀 바꿔 주세요 .
[su-geon jom ba-kkwo ju-se-yo]
請幫我換毛巾。

06 | 새 이불 좀 주세요 .
[sae i-bul jom ju-se-yo]
請給我新的棉被。

07 새 수건 좀 주세요 .
[sae su-geon jom ju-se-yo]
請給我新的毛巾。

08 새 슬리퍼 좀 주세요 .
[sae seul-li-peo jom ju-se-yo]
請給我新的拖鞋。

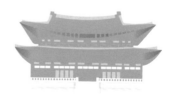

05 # 호텔 서비스 1

▶▶ MP3-49

[ho-tel seo-bi-seu] 客房服務 1

01 ㅣ 아침 식사는 어디에서 해요 ?
[a-chim sik-ssa-neun eo-di-e-seo hae-yo]
早餐在哪裡吃 ?

02 ㅣ 엘리베이터는 어디에 있어요 ?
[el-li-be-i-teo-neun eo-di-e i-sseo-yo]
電梯在哪裡 ?

03 ㅣ 프론트 오른쪽에 있습니다 .
[peu-ron-teu o-reun-jjo-ge it-sseum-ni-da]
在櫃台右邊。

04 ㅣ 이 층에 있습니다 .
[i cheung-e it-sseum-ni-da]
在二樓。

05 ㅣ 룸서비스 시키고 싶은데요 .
[lum-seo-bi-seu si-ki-go si-peun-de-yo]
我想要叫客房服務。

06 ㅣ 일곱 시에 모닝콜 좀 부탁합니다 .
[il-gop ssi-e mo-ning-kol jom bu-ta-kam-ni-da]
麻煩七點請給我叫醒服務。

07 ㅣ 콜택시 좀 불러 주세요 .
[kol-taek-ssi jom bul-leo ju-se-yo]
請幫我叫計程車。

★ **이렇게 말해 보세요.** 請這樣說說看。

01. 식당은 몇 층이에요?
[sik-ttang-eun myeot cheung-i-e-yo]
餐廳是幾樓？

02. 세탁실은 몇 층이에요?
[se-tak-ssi-reun myeot cheung-i-e-yo]
洗衣間是幾樓？

03. 수영장은 몇 층이에요?
[su-yeong-jang-eun myeot cheung-i-e-yo]
游泳池是幾樓？

04. 운동센터는 몇 층이에요?
[un-dong-sen-teo-neun myeot cheung-i-e-yo]
運動中心是幾樓？

05. 사우나는 몇 층에 있어요?
[sa-u-na-neun myeot cheung-e i-sseo-yo]
三溫暖在幾樓？

06. 비즈니스 센터는 몇 층에 있어요?
[bi-jeu-ni-seu sen-teo-neun myeot cheung-e i-sseo-yo]
商務中心在幾樓？

07 | 컴퓨터는 몇 층에 있어요 ?
[keom-pyu-teo-neun myeot cheung-e i-sseo-yo]
電腦在幾樓 ?

08 | 연회장은 몇 층에 있어요 ?
[yeon-hoe-jang-eun myeot cheung-e i-sseo-yo]
宴會場在幾樓 ?

06 호텔 서비스 2

▶▶ MP3-50

[ho-tel seo-bi-seu] 客房服務 2

. . . .

01 네 , 알겠습니다 .
[ne, al-get-sseum-ni-da]
是，明白了。

02 정말 죄송합니다 .
[jeong-mal joe-song-ham-ni-da]
真抱歉。

03 금방 드리겠습니다 .
[geum-bang deu-ri-get-sseum-ni-da]
馬上給您。

04 금방 갖다 드리겠습니다 .
[geum-bang gat-tta deu-ri-get-sseum-ni-da]
馬上拿給您。

05 바로 해결해 드리겠습니다 .
[ba-ro hae-gyeol-hae due-ri-get-sseum-ni-da]
馬上幫您解決。

06 바로 룸으로 올라가겠습니다 .
[ba-ro ru-meu-ro ol-la-ga-get-sseum-ni-da]
馬上到房間去。

07 바로 룸으로 사람을 보내겠습니다 .
[ba-ro ru-meu-ro sa-ra-meul bo-nae-get-sseum-ni-da]
馬上派人上去。

. . . .

⭐ **이렇게 말해 보세요.** 請這樣說說看。

. . . .

01 | 객실을 바꿔 드리겠습니다.

[gaek-ssi-reul ba-kkwo deu-ri-get-sseum-ni-da]

我幫您換房間。

02 | 이불을 바꿔 드리겠습니다.

[i-bu-reul ba-kkwo deu-ri-get-sseum-ni-da]

我幫您換棉被。

03 | 수건을 바꿔 드리겠습니다.

[su-geo-neul ba-kkwo deu-ri-get-sseum-ni-da]

我幫您換毛巾。

04 | 슬리퍼를 바꿔 드리겠습니다

[seul-li-peo-reul ba-kkwo deu-ri-get-sseum-ni-da]

我幫您換拖鞋。

05 | 드라이어를 교환해 드리겠습니다.

[deu-ra-i-eo-reul gyo-hwan-hae deu-ri-get-sseum-ni-da]

我幫您換吹風機。

06 | 리모컨을 교환해 드리겠습니다

[ri-mo-keo-neul gyo-hwan-hae deu-ri-get-sseum-ni-da]

我幫您換遙控器。

. . . .

커피포트를 교환해 드리겠습니다 .

[keo-pi-po-teu-reul gyo-hwan-hae deu-ri-get-sseum-ni-da]
我幫您換咖啡壺。

컵을 교환해 드리겠습니다 .

[keo-beul gyo-hwan-hae deu-ri-get-sseum-ni-da]
我幫您換杯子。

어서 오십시오 .

[eo-seo o-sip-ssi-o]
歡迎光臨。

안녕히 가십시오 .

[an-nyeong-hi ga-sip-ssi-o]
請慢走。

잠깐만 기다리십시오 .

[jam-kkan-man gi-da-ri-sip-ssi-o]
請稍等一下。

편히 쉬십시오 .

[pyeon-hi swi-sip-ssi-o]
請您好好休息。

13| 편안한 밤 되십시오 .

[pyeo-nan-han bam doe-sip-si-o]
祝您有平安的夜晚。

14| 안녕히 주무십시오 .

[an-nyeong-hi ju-mu-sip-ssi-o]
晚安。

15| 좋은 시간 되십시오 .

[jo-eun si-gan doe-sip-ssi-o]
祝您有美好的時光。

16| 즐거운 여행 되십시오 .

[jeul-geo-un yeo-haeng doe-sip-ssi-o]
祝您旅途愉快。

01 식당에서

▶▶ MP3-51

[sik-ttang-e-seo] 在餐廳

01 주문하시겠어요 ?
[ju-mun-ha-si-ge-sseo-yo]
您要點餐了嗎 ?

02 여기요 , 주문할게요 .
[yeo-gi-yo, ju-mun-hal-kke-yo]
這裡 , 要點餐了 。

03 저기요 , 물 좀 주세요 .
[jeo-gi-yo, mul jom ju-se-yo]
不好意思 , 請給我水 。

04 반찬 좀 더 주세요 .
[ban-chan jom deo ju-se-yo]
請再給我小菜 。

05 돌솥비빔밥 한 그릇 주세요 .
[dol-sot-bi-bim-bap han geu-reut ju-se-yo]
請給我一碗石鍋拌飯 。

06 삼계탕 두 그릇 주세요 .
[sam-gye-tang du geu-reut ju-se-yo]
請給我兩碗蔘雞湯 。

★ **이렇게 말해 보세요 .** 請這樣說說看。

. . . .

01 ┃ 너무 맛있어요 .
[neo-mu ma-si-sseo-yo]
很好吃。

02 ┃ 너무 맛없어요 .
[neo-mu ma-deop-sseo-yo]
很不好吃。

03 ┃ 너무 매워요 .
[neo-mu mae-wo-yo]
太辣了。

04 ┃ 너무 짜요 .
[neo-mu jja-yo]
太鹹了。

05 ┃ 조금 셔요 .
[jo-geum syeo-yo]
有一點酸。

06 ┃ 조금 달아요 .
[jo-geum da-ra-yo]
有一點甜。

. . . .

07. 좀 싱거워요 .
[jom sing-geo-wo-yo]
有一點淡。

08. 좀 써요 .
[jom sseo-yo]
有一點苦。

02 고깃집에서

▶▶ MP3-52

[go-git-jji-be-seo] 在烤肉店

- -

01 | 모두 몇 분이세요 ?
[mo-du myeot ppu-ni-se-yo]
總共幾位 ?

02 | 세 명이요 .
[se myeong-i-yo]
三個人。

03 | 몇 인분 드릴까요 ?
[myeo din-bun deu-ril-kka-yo]
要給您幾人份 ?

04 | 삼겹살 삼 인분 주세요 .
[sam-gyeop-ssal sa min-bun ju-se-yo]
請給我五花肉三人份 。

05 | 제가 구워 드릴게요 .
[je-ga gu-wo deu-ril-kke-yo]
我幫你烤肉。

06 | 고기가 탔어요 .
[go-gi-ga ta-sseo-yo]
肉焦了。

- -

★ **이렇게 말해 보세요 .** 請這樣說說看。

01. **한우 이 인분 주세요 .**
[ha-nu i in-bun ju-se-yo]
請給我韓牛二人份。

02. **꽃등심 삼 인분 주세요 .**
[kkot-tteung-sim sa min-bun ju-se-yo]
請給我霜降里脊三人份。

03. **목살 사 인분 주세요 .**
[mok-ssal sa in-bun ju-se-yo]
請給我豬頸肉四人份。

04. **곱창 오 인분 주세요 .**
[gop-chang o in-bun ju-se-yo]
請給我小腸五人份。

05. **갈매기살 일 인분 추가요 .**
[gal-mae-gi-sal i lin-bun chu-ga-yo]
加點豬橫膈膜一人份。

06. **항정살 일 인분 추가요 .**
[hang-jeong-sal i lin-bun chu-ga-yo]
加點豬頸肉一人份。

07 ┃ **막창 이 인분 추가요 .**
[mak-chang i in-bun chu-ga-yo]
加點大腸二人份。

08 ┃ **돼지껍데기 이 인분 추가요 .**
[dwae-ji-kkeop-tte-gi i in-bun chu-ga-yo]
加點豬皮二人份。

03 술집에서

►► MP3-53

[sul-jji-be-seo] 在居酒屋

. . . .

01 술은 뭐 마실래요 ?

[su-reun mwo ma-sil-lae-yo]
想喝什麼酒 ?

02 안주는 뭐 먹을래요 ?

[an-ju-neun mwo meo-geul-lae-yo]
想吃什麼小菜 ?

03 맥주 마실래요 .

[maek-jju ma-sil-lae-yo]
我想要喝啤酒。

04 건배 !

[geon-bae]
乾杯 !

05 원샷 !

[won-syat]
乾 !

06 좀 취했어요 .

[jom chwi-hae-sseo-yo]
有一點喝醉了。

. . . .

★ **이렇게 말해 보세요 .** 請這樣說說看。

01 | 술을 안 마셔요 .

[su-reul an ma-syeo-yo]

我不喝酒。

02 | 술을 못 마셔요 .

[su-reul mon ma-syeo-yo]

我不會喝酒。

03 | 소주를 잘 못 마셔요 .

[so-ju-reul jal mon ma-syeo-yo]

我不太喝燒酒。

04 | 그만 마셔요 .

[geu-man ma-syeo-yo]

不要再喝了。

05 | 술을 잘 마시네요 .

[su-reul jal ma-si-ne-yo]

很會喝酒耶。

06 | 술이 다네요 .

[su-ri da-ne-yo]

酒很甜耶。

07 | 술이 너무 독하네요 .

[su-ri neo-mu do-ka-ne-yo]
酒太烈耶。

08 | 안주가 맛있네요 .

[an-ju-ga ma-sin-ne-yo]
下酒菜很好吃耶。

04 중화요리집에서

▶▶ MP3-54

[jung-hwa-yo-ri-ji-be-seo] 在中華料理店

01 | 여기 메뉴 좀 주세요 .

[yeo-gi me-nyu jom ju-se-yo]

這裡，請給我菜單。

02 | 짜장면 하나 , 짬뽕 하나 주세요 .

[jja-jang-myeon ha-na, jjam-ppong ha-na ju-se-yo]

請給我一碗炸醬麵和一碗炒碼麵。

03 | 짜장면 곱빼기 한 그릇 주세요 .

[jja-jang-myeon gop-ppae-gi han geu-reut ju-se-yo]

請給我一碗加麵的炸醬麵。

04 | 탕수육 한 그릇 주세요 .

[tang-su-yuk han geu-reut ju-se-yo]

請給我一份糖醋肉。

05 | 여보세요 , 지금 배달 되지요 ?

[yeo-bo-se-yo, ji-geum bae-dal doe-ji-yo]

喂，你好，現在可以外送吧？

06 | 군만두는 서비스입니다 .

[gun-man-du-neun seo-bi-seu-im-ni-da]

煎餃是送的。

★ **이렇게 말해 보세요 .** 請這樣說說看。

여기 단무지 좀 더 주세요 .
[yeo-gi dan-mu-ji jom deo ju-se-yo]
這裡，請再給我醃蘿蔔。

짜장면 한 그릇하고 울면 한 그릇 주세요 .
[jja-jang-myeon han geu-reu-ta-go ul-myeon han geu-reut ju-se-yo]
請給我一碗炸醬麵和一碗大滷麵。

간짜장 두 그릇하고 군만두 하나 주세요 .
[gan-jja-jang du geu-reu-ta-go gun-man-du ha-na ju-se-yo]
請給我二碗乾炸醬麵和一盤煎餃。

유니짜장 둘하고 볶음밥 둘 주세요 .
[yu-ni-jja-jang dul-ha-go bo-kkeum-bap dul ju-se-yo]
請給我二碗肉泥炸醬麵和兩碗炒飯。

기스면 하나하고 팔보채 하나 주세요 .
[gi-seu-myeon ha-na-ha-go pal-bo-chae ha-na ju-se-yo]
請給我一碗雞絲麵和一盤八寶菜。

짜장면 두 그릇 배달해 주세요 .
[jja-jang-myeon du geu-reut bae-dal-hae ju-se-yo]
請您外送二碗炸醬麵。

07 | (남산 게스트하우스) 로 배달해 주세요 .

[(nam-san ge-seu-teu-ha-u-seu)-ro bae-dal-hae ju-se-yo]

請您送到（南山民宿）。

08 | (한강 공원) 으로 배달해 주세요 .

[(han-gang gong-wo-n)eu-ro bae-dal-hae ju-se-yo]

請您送到（漢江公園）。

05 치킨집에서 ▶▶ MP3-55

[chi-kin-ji-be-seo] 在炸雞店

01 양념치킨 먹고 싶어요 .

[yang-nyeom-chi-kin meok-kko si-peo-yo]
我想要吃調味炸雞。

02 후라이드치킨으로 시켜요 .

[hu-ra-i-deu-chi-ki-neu-ro si-kyeo-yo]
點原味炸雞吧。

03 반반으로 시켜요 .

[ban-ba-neu-ro si-kyeo-yo]
點半調味、半原味炸雞吧。

04 양념반 후라이드반으로 해 주세요 .

[yang-nyeom-ban hu-ra-i-deu-ba-neu-ro hae ju-se-yo]
請您做成半調味、半原味炸雞。

05 오리지널로 하나 주세요 .

[o-ri-ji-neol-lo ha-na ju-se-yo]
請給我一個原味。

06 치킨무 많이 주세요 .

[chi-kin-mu ma-ni ju-se-yo]
請您多給我炸雞白蘿蔔。

★ **이렇게 말해 보세요 .** 請這樣說說看。

01 | 치맥 먹을래요 ?

[chi-maek meo-geul-lae-yo]
要不要吃炸雞加啤酒？

02 | 교촌치킨 먹을래요 ?

[gyo-chon-chi-kin meo-geul-lae-yo]
要不要吃橋村炸雞？

03 | BHC치킨 먹을래요 .

[bi-ei-chi-si-chi-kin meo-geul-lae-yo]
我想要吃 BHC 炸雞。

04 | 굽네치킨 먹을래요 .

[gum-ne-chi-kin meo-geul-lae-yo]
我想要吃 Goobne 炸雞。

05 | 네네치킨에서 시켜요 .

[ne-ne-chi-ki-ne-seo si-kyeo-yo]
在 NENE 炸雞店點吧。

06 | BBQ에서 시켜요 .

[bi-bi-kyu-e-seo si-kyeo-yo]
在 BBQ 炸雞店點吧。

전화로 주문해요 .
[jeon-hwa-ro ju-mun-hae-yo]
用電話點餐。

인터넷으로 주문해요 .
[in-teo-ne-seu-ro ju-mun-hae-yo]
用網路點餐。

06 패스트푸드점에서

▶▶ MP3-56

[pae-seu-teu-pu-deu-jeo-me-seo] 在速食店

01 ㅣ 여기에서 드실 거예요?

[yeo-gi-e-seo deu-sil kkeo-ye-yo]
您在這裡用餐嗎?

02 ㅣ 여기에서 먹을 거예요.

[yeo-gi-e-seo meo-geul kkeo-ye-yo]
我在這裡吃。

03 ㅣ 테이크아웃 하실 거예요?

[te-i-keu-a-ut ha-sil kkeo-ye-yo]
您要外帶嗎?

04 ㅣ 테이크아웃 해 주세요.

[te-i-keu-a-ut hae ju-se-yo]
我要外帶。

05 ㅣ 포장 해 주세요.

[po-jang hae ju-se-yo]
請您幫我打包。

06 ㅣ 따로 싸 주세요.

[tta-ro ssa ju-se-yo]
請您幫我各別包裝。

★ **이렇게 말해 보세요 .** 請這樣說說看。

01: **불고기 버거 세트 하나 주세요 .**

[bul-go-gi beo-geo se-teu ha-na ju-se-yo]

請給我一個烤肉漢堡套餐。

02: **빅맥 세트 한 개 주세요 .**

[bik-maek se-teu han gae ju-se-yo]

請給我一個大麥克套餐。

03: **치즈와퍼 한 개하고 콜라 한 잔 주세요 .**

[chi-jeu-wa-peo han gae-ha-go kol-la han jan ju-se-yo]

請給我一個起士華堡和一杯可樂。

04: **치즈버거 하나하고 후렌치 후라이 하나 포장해 주세요 .**

[chi-jeu-beo-geo ha-na-ha-go hu-ren-chi hu-ra-i ha-na po-jang-hae ju-se-yo]

我要一個起士漢堡和一個薯條外帶。

05: **맥너겟 네 조각 포장해 주세요 .**

[maek-neo-get ne jo-gak po-jang-hae ju-se-yo]

我要麥克雞塊四塊外帶。

06 | **콜라말고 스프라이트로 주세요.**

[kol-la-mal-go seu-peu-ra-i-teu-ro ju-se-yo]
不要可樂，請給我雪碧。

07 | **콜라말고 오렌지 주스로 주세요.**

[kol-la-mal-go o-ren-ji ju-seu-ro ju-se-yo]
不要可樂，請給我柳橙汁。

08 | **제로 콜라로 주세요.**

[je-ro kol-la-ro ju-se-yo]
請給我 Zero 可樂。

07 커피숍에서

▶▶ MP3-57

[keo-pi-sho-be-seo] 在咖啡廳

여기 자리 있어요 ?
[yeo-gi ja-ri i-sseo-yo]
這裡有位置嗎 ？

여기 앉아도 돼요 ?
[yeo-gi an-ja-do dwae-yo]
可以坐這裡嗎 ？

합석해도 돼요 ?
[hap-sseo-kae-do dwae-yo]
可以併桌嗎 ？

아메리카노 한 잔 주세요 .
[a-me-ri-ka-no han jan ju-se-yo]
請給我一杯美式咖啡。

리필해 주세요 .
[ri-pil-hae ju-se-yo]
請幫我續杯。

휘핑크림 추가해 주세요 .
[hwi-ping-keu-rim chu-ga-hae ju-se-yo]
請您幫我加鮮奶油。

★ **이렇게 말해 보세요 .** 請這樣說說看。

01 | 카푸치노 한 잔 주세요 .

[ka-pu-chi-no han jan ju-se-yo]
請給我一杯卡布奇諾。

02 | 녹차라떼 한 잔 주세요 .

[nok-cha-ra-tte han jan ju-se-yo]
請給我一杯抹茶拿鐵。

03 | 에스프레소 더블샷 한 잔 주세요 .

[e-seu-peu-re-so deo-beul-syat han jan ju-se-yo]
請給我一杯兩份濃縮的義式濃縮咖啡。

04 | 카라멜 마키아또 두 잔 주세요 .

[ka-ra-mel ma-ki-a-tto du jan ju-se-yo]
請給我兩杯焦糖瑪琪朵。

05 | 팥빙수 한 개하고 딸기빙수 한 개 주세요 .

[pat-pping-su han gae-ha-go ttal-gi-bing-su han gae ju-se-yo]
請給我一個紅豆刨冰和一個草莓刨冰。

06 | 커피빙수 한 개하고 과일빙수 한 개 주세요 .

[keo-pi-bing-su han gae-ha-go gwa-il-bing-su han gae ju-se-yo]
請給我一個咖啡刨冰和一個水果刨冰。

07 휘핑 크림 빼고 주세요 .

[hwi-ping keu-rim ppae-go ju-se-yo]
請幫我去鮮奶油。

08 얼음 빼고 주세요 .

[eo-reum ppae-go ju-se-yo]
請幫我去冰。

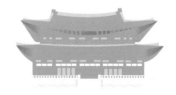

길거리 음식점에서

▶▶ MP3-58

[gil-kkeo-ri eum-sik-jjeo-me-seo] 在路邊攤

- -

01 | 한번 먹어 보세요 .
han-beon meo-geo bo-se-yo]
請您試吃一下。

02 | 한번 시식해 보세요 .
[han-beon si-si-kae bo-se-yo]
您在這裡用餐嗎？

03 | 떡볶이 한 접시 주세요 .
[tteo-ppo-kki han jeop-ssi ju-se-yo]
請給我一盤辣炒年糕。

04 | 순대 일 인 분 주세요 .
[sun-dae i lin bun ju-se-yo]
請給我一份糯米大腸。

05 | 오뎅 국물 좀 주세요 .
[o-deng gung-mul jom ju-se-yo]
請給我魚板湯。

06 | 국물이 뜨거워요 .
[gung-mu-ri tteu-geo-wo-yo]
湯很燙。

- -

★ **이렇게 말해 보세요 .** 請這樣說說看。

01 호떡이 뜨거우니까 조심하세요

[ho-tteo-gi tteu-geo-u-ni-kka jo-sim-ha-se-yo]
黑糖餅很燙，請小心。

02 붕어빵이 뜨거우니까 조심하세요 .

[bung-eo-ppang-i tteu-geo-u-ni-kka jo-sim-ha-se-yo]
鯛魚燒很燙，請小心。

03 계란빵이 뜨거우니까 조심하세요 .

[gye-ran-ppang-i tteu-geo-u-ni-kka jo-sim-ha-se-yo]
雞蛋糕很燙，請小心。

04 닭꼬치가 뜨거우니까 조심하세요 .

[dak-kko-chi-ga tteu-geo-u-ni-kka jo-sim-ha-se-yo]
雞肉串很燙，請小心。

05 호호 불어서 드세요 .

[ho-ho bu-reo-seo deu-se-yo]
呼呼吹（涼）一下再吃。

06 식혀서 드세요

[si-kyeo-seo deu-se-yo]
放涼一下再吃。

07｜ **반으로 나눠서 드세요 .**
[ba-neu-ro na-nwo-seo deu-se-yo]
分一半再吃。

08｜ **천천히 드세요 .**
[cheon-cheon-hi deu-se-yo]
請慢慢吃。

01 비행기 안에서

▶▶ MP3-59

[bi-haeng-gi a-ne-seo] 在飛機上

01. 담요 좀 주세요 .
[dam-nyo jom ju-se-yo]
請給我毯子。

02. 입국신고서 좀 주세요 .
[ip-kkuk-sin-go-seo jom ju-se-yo]
請給我入境卡。

03. 짐 좀 올려 주세요 .
[jim jom ol-lyeo ju-se-yo]
請您把行李放上去。

04. 안전밸트를 매 주세요 .
[an-jeon-bael-teu-reul mae ju-se-yo]
請您繫好安全帶。

05. 비행기가 연착 되었어요 .
[bi-haeng-gi-ga yeon-chak doe-eo-sseo-yo]
飛機延誤了。

06. 비행기가 결항 되었어요 .
[bi-haeng-gi-ga gyeol-hang doe-eo-sseo-yo]
飛機停航了。

★ **이렇게 말해 보세요 .** 請這樣説説看。

01 | **탑승권 확인해 드리겠습니다 .**
[tap-sseung-kkwon hwa-gin-hae deu-ri-get-sseum-ni-da]
幫您確認登機證。

02 | **좌석 확인해 드리겠습니다 .**
[jwa-seok hwa-gin-hae deu-ri-get-sseum-ni-da]
幫您確認位子。

03 | **식사 준비해 드리겠습니다 .**
[sik-ssa jun-bi-hae deu-ri-get-sseum-ni-da]
幫您準備餐點。

04 | **짐은 선반 위에 올려주시기 바랍니다 .**
[ji-meun seon-ban wi-e ol-lyeo-ju-si-gi ba-ram-ni-da]
請您把行李放在上方置物櫃。

05 | **안전벨트를 매 주시기 바랍니다 .**
[an-jeon-bel-teu-reul mae ju-si-gi ba-ram-ni-da]
請您繫好安全帶。

06 | **좌석에 앉아 주시기 바랍니다 .**
[jwa-seo-ge an-ja ju-si-gi ba-ram-ni-da]
請您坐在位子。

07 창문 커버를 열어 주시기 바랍니다 .

[chang-mun keo-beo-reul yeo-reo ju-si-gi ba-ram-ni-da]

請您打開遮陽板。

08 신발을 신어 주시기 바랍니다 .

[sin-ba-reul si-neo ju-si-gi ba-ram-ni-da]

請您穿好鞋子。

02 관광정보센터에서

▶▶ MP3-60

[gwan-gwang-jeong-bo-sen-teo-e-seo] 觀光資訊中心

. . . .

01 | 맛집 좀 추천해 주세요 .
[mat-jjip jom chu-cheon-hae ju-se-yo]
請您推薦美食餐廳。

02 | 맛있는 음식 좀 추천해 주세요 .
[ma-sin-neun eum-sik jom chu-cheon-hae ju-se-yo]
請您推薦好吃的菜。

03 | 여기에서 유명한 음식이 뭐예요 ?
[yeo-gi-e-seo yu-myeong-han eum-si-gi mwo-ye-yo]
在這裡有名的菜是什麼？

04 | 여기에서 꼭 사야 하는 기념품이 뭐예요 ?
[yeo-gi-e-seo kkok sa-ya ha-neun gi-nyeom-pu-mi mwo-ye-yo]
在這裡一定要買的紀念品是什麼？

05 | 여기에서 꼭 사야 하는 특산품이 뭐예요 ?
[yeo-gi-e-seo kkok sa-ya ha-neun teuk-ssan-pu-mi mwo-ye-yo]
在這裡一定要買的特產是什麼？

06 | 여기에서 꼭 가야 하는 관광지가 어디예요 ?
[yeo-gi-e-seo kkok ga-ya ha-neun gwan-gwang-ji-ga eo-di-ye-yo]
在這裡一定要去的觀光景點是哪裡？

. . . .

★ **이렇게 말해 보세요** . 請這樣説説看。

01 청주는 직지로 유명해요 .
[cheong-ju-neun jik-ji-ro yu-myeong-hae-yo]
清州以直指（世界記憶遺產）有名。

02 경주는 신라 유적지로 유명해요 .
[gyeong-ju-neun sil-la yu-jeok-jji-ro yu-myeong-hae-yo]
慶州以新羅遺址有名。

03 남산은 케이블카로 유명해요 .
[nam-sa-neun ke-i-beul-ka-ro yu-myeong-hae-yo]
南山以覽車有名。

04 남이섬은 드라마 촬영지로 유명해요 .
[na-mi-seo-meun deu-ra-ma chwa-ryeong-ji-ro yu-myeong-
hae-yo]
南怡島以連續劇拍攝地有名。

05 이천은 도자기 축제로 유명해요 .
[i-cheo-neun do-ja-gi chuk-jje-ro yu-myeong-hae-yo]
利川以陶藝節有名。

06 무등산은 수박으로 유명해요 .
[mu-deung-sa-neun su-ba-geu-ro yu-myeong-hae-yo]
無等山以西瓜有名。

07 | **전주는 비빔밥으로 유명해요 .**
[jeon-ju-neun bi-bim-ba-beu-ro yu-myeong-hae-yo]
全州以拌飯有名。

08 | **제주도는 자연풍경으로 유명해요 .**
[je-ju-do-neun ja-yeon-pung-gyeong-eu-ro yu-myeong-hae-yo]
濟州島以自然風景有名。

03 관광지에서

▶▶ MP3-61

[gwan-gwang-ji-e-seo] 在觀光景點

여기가 거기예요 ?

[yeo-gi-ga geo-gi-ye-yo]
這裡就是那裡嗎 ?

여기가 드라마에 나온 거기예요 ?

[yeo-gi-ga deu-ra-ma-e na-on geo-gi-ye-yo]
這裡就是在連續劇出現的那裡嗎 ?

이게 그 유명한 다보탑이에요 ?

[i-ge geu yu-myeong-han da-bo-ta-bi-e-yo]
這就是那有名的多寶塔嗎 ?

이게 그 유명한 씨앗호떡이에요 ?

[i-ge geu yu-myeong-han ssi-at-ho-tteo-gi-e-yo]
這就是那有名的瓜子黑糖餅嗎 ?

이 분이 그 유명한 세종대왕이에요 ?

[i bu-ni geu yu-myeong-han se-jong-dae-wang-i-e-yo]
這就是那位有名的世宗大王嗎 ?

이 분이 그 유명한 이순신 장군이에요 ?

[i bu-ni geu yu-myeong-han i-sun-sin jang-gu-ni-e-yo]
這就是那位有名的李舜臣將軍嗎 ?

★ **이렇게 말해 보세요.** 請這樣說說看。

01 | 와 ! 정말 대단해요 !
[wa, jeong-mal dae-dan-hae-yo]
哇！真的很厲害！

02 | 와 ! 정말 대단하네요 !
[wa, jeong-mal dae-dan-ha-ne-yo]
哇！真的很厲害耶！

03 | 헐 ! 기가 막히네요 !
[heol, gi-ga ma-ki-ne-yo]
無言！不可思議！

04 | 헐 ! 끝내주네요 !
[heol, kkeun-nae-ju-ne-yo]
無言！太絕了！

05 | 우와 ! 너무 재미있네요 !
[u-wa, neo-mu jae-mi-in-ne-yo]
哇！太有趣了耶！

06 | 우와 ! 너무 예쁘네요 !
[u-wa, neo-mu ye-ppeu-ne-yo]
哇！太漂亮了耶！

07 | **세상에 ! 진짜 장관이네요 !**
[se-sang-e, jin-jja jang-gwa-ni-ne-yo]
天啊！真的壯觀耶！

08 | **어머 ! 진짜 아름답네요 !**
[eo-meo, jin-jja a-reum-dam-ne-yo]
哎呀！真的很美耶！

04 박물관에서

▶▶ MP3-62

[bang-mul-gwa-ne-seo] 在博物館

01 | 입장료가 얼마예요 ?
[ip-jjang-nyo-ga eol-ma-ye-yo]
入場費用是多少錢？

02 | 학생 할인 돼요 ?
[hak-ssaeng ha-rin dwae-yo]
學生可以折扣嗎？

03 | 관람시간은 몇 시까지예요 ?
[gwal-lam-si-ga-neun myeot ssi-kka-ji-ye-yo]
參觀時間到幾點？

04 | 관람은 여섯 시까지입니다 .
[gwal-la-meun yeo-seot ssi-kka-ji-im-ni-da]
參觀到六點。

05 | 중국어 설명서 있어요 ?
[jung-gu-geo seol-myeong-seo i-sseo-yo]
有中文說明書嗎？

06 | 여기에 짐 좀 맡길 수 있을까요 ?
[yeo-gi-e jim jom mat-kkil ssu i-sseul-kka-yo]
我可以在這裡寄放一下行李嗎？

★ **이렇게 말해 보세요.** 請這樣説説看。

. . . .

01 여기에서 떠들면 안 돼요.

[yeo-gi-e-seo tteo-deul-myeon an dwae-yo]

不可以在這裡吵鬧。

02 여기에서 사진을 찍으면 안 돼요.

[yeo-gi-e-seo sa-ji-neul jji-gue-myeon an dwae-yo]

不可以在這裡拍照。

03 거기에 올라가면 안 돼요.

[geo-gi-e ol-la-ga-myeon an dwae-yo]

不可以爬上去那裡。

04 거기에 들어가면 안 돼요.

[geo-gi-e deu-reo-ga-myeon an dwae-yo]

不可以進去那裡。

05 그거 만지면 안 됩니다.

[geu-geo man-ji-myeon an doem-ni-da]

不可以碰那個。

06 그거 드시면 안 됩니다.

[geu-geo deu-si-myeon an doem-ni-da]

不可以吃（喝）那個。

. . . .

07 | **음식 반입은 안 됩니다 .**
[eum-sik ba-ni-beun an doem-ni-da]
不可以帶進食物。

08 | **카메라 반입은 안 됩니다 .**
[ka-me-ra ba-ni-beun an doem-ni-da]
不可以帶進相機。

05 찜질방에서

▶▶ MP3-63

[jjim-jil-bang-e-seo] 在汗蒸幕

양머리는 어떻게 만들어요 ?
[yang-meo-ri-neun eo-tteo-ke man-deu-reo-yo]
怎麼做羊角頭巾？

때밀이 체험 해 볼래요 ?
[ttae-mi-ri che-heom hae bol-lae-yo]
要不要體驗搓澡。

맥반석 계란 먹을래요 ?
[maek-ppan-seok gye-ran meo-geul-lae-yo]
要不要吃麥飯石雞蛋？

미역국 먹을래요 ?
[mi-yeok-kkuk meo-geul-lae-yo]
要不要喝海帶湯？

식혜 마실래요 ?
[si-kye ma-sil-lae-yo]
要不要喝甜蜜露（食醯）？

수정과 드실래요 ?
[su-jeong-gwa deu-sil-lae-yo]
要不要柿餅汁（水正果）？

★ **이렇게 말해 보세요** . 請這樣說說看。

01 | 같이 불가마에 들어갈래요 ?
[ga-chi bul-ga-ma-e deu-reo-gal-lae-yo]
要不要一起進去汗蒸幕？

02 | 같이 황토방에 들어갈래요 ?
[ga-chi hwang-to-bang-e deu-reo-gal-lae-yo]
要不要一起進去黃土房？

03 | 저는 수정방에 들어갈래요 .
[jeo-neun su-jeong-bang-e deu-reo-gal-lae-yo]
我想進去水晶房（貼水晶的汗蒸幕房間）。

04 | 저는 소금방에 들어갈래요 .
[jeo-neun so-geum-bang-e deu-reo-gal-lae-yo]
我想進去鹽巴房。

05 | 저는 수면실에 들어갈래요 .
[jeo-neun su-myeon-sil-re deu-reo-gal-lae-yo]
我想進去睡眠房。

06 | 저는 노래방에 갈래요 .
[jeo-neun no-rae-bang-e gal-lae-yo]
我想去 KTV。

07 저는 매점에 갈래요 .

[jeo-neun mae-jeo-me gal-lae-yo]
我想去福利社。

08 저는 남탕에 갈래요 .

[jeo-neun nam-tang-e gal-lae-yo]
我想去男湯。

06 놀이공원에서

▶▶ MP3-64

[no-ri-gong-wo-ne-seo] 在遊樂園

01 | 얼마나 기다려야 돼요 ?

[eol-ma-na gi-da-ryeo-ya dwae-yo]

要等多久 ?

02 | 삼십 분쯤 기다려야 돼요 .

[sam-sip ppun-jjeum gi-da-ryeo-ya dwae-yo]

要等三十分鐘左右。

03 | 재미있을 것 같아요 .

[jae-mi-i-sseul kkeot ga-ta-yo]

好像很好玩。

04 | 재미없을 것 같아요 .

[jae-mi-eop-sseul kkeot ga-ta-yo]

好像不好玩。

05 | 토할 것 같아요 .

[to-hal kkeot ga-ta-yo]

好像要吐了。

06 | 어지러워요 .

[eo-ji-reo-wo-yo]

頭暈。

★ **이렇게 말해 보세요** . 請這樣說說看。

. . . .

01 에버랜드 사파리월드에 가고 싶어요 .

[e-beo-raen-deu sa-pa-ri-wol-deu-e ga-gosi-peo-yo]

我想去愛寶樂園野生動物世界。

02 롯데월드 아쿠아리움에 가고 싶어요 .

[lot-tte-wol-deu a-ku-a-ri-u-me ga-go si-peo-yo]

我想去樂天世界水族館。

03 서울대공원 동물원에 가고 싶어요 .

[seo-ul-dae-gong-won dong-mu-rwo-ne ga-go si-peo-yo]

我想去首爾大公園動物園。

04 고스트하우스에 가고 싶어요 .

[go-seu-teu-ha-u-seu-e ga-go si-peo-yo]

我想去鬼屋。

05 티익스프레스 (T-express) 타고 싶어요 .

[ti-ik-sseu-peu-re-seu ta-go si-peo-yo]

我想坐 T-express（雲霄飛車）。

06 자이드롭 타고 싶어요 .

[ja-i-deu-rop ta-go si-peo-yo]

我想坐自由落體。

. . . .

07 | 회전목마 타고 싶어요.

[hoe-jeon-mong-ma ta-go si-peo-yo]

我想坐旋轉木馬。

08 | 범퍼카 타고 싶어요.

[beom-peo-ka ta-go si-peo-yo]

我想坐碰碰車。

07 공연장에서

▶▶ MP3-65

[gong-yeon-jang-e-seo] 在劇場

- -

01 티켓 좀 보여 주세요 .

[ti-ket jom bo-yeo ju-se-yo]
請給我看一下票。

02 새치기 하지 마세요 .

[sae-chi-gi ha-ji ma-se-yo]
請不要插隊。

03 같이 노래해요 .

[ga-chi no-rae-hae-yo]
一起唱歌。

04 같이 사진 찍어도 돼요 ?

[ga-chi sa-jin jji-geo-do dwae-yo]
可以一起拍照嗎？

05 사진 촬영은 안 됩니다 .

[sa-jin chwa-ryeong-eun an doem-ni-da]
不可以拍照。

06 카메라 플래시 사용은 안 됩니다 .

[ka-me-ra peul-lae-si sa-yong-eun an doem-ni-da]
不可以使用閃光燈。

- -

★ **이렇게 말해 보세요** . 請這樣說說看。

- -

01 | 사인해 주세요 .
[sa-in-hae ju-se-yo]
請您幫我簽名。

02 | 조용히 해 주세요 .
[jo-yong-hi hae ju-se-yo]
請您小聲。

03 | 자리에 앉아 주세요 .
[ja-ri-e an-ja ju-se-yo]
請您入座。

04 | 줄 좀 서 주세요 .
[jul jom seo ju-se-yo]
請您排隊。

05 | 질서를 지켜 주세요 .
[jil-sseo-reul ji-kyeo ju-se-yo]
請您遵守秩序。

06 | 핸드폰을 꺼 주시기 바랍니다 .
[haen-deu-po-neul kkeo ju-si-gi ba-ram-ni-da]
請您關手機。

- -

07 흡연을 금해 주시기 바랍니다 .
[heu-byeo-neul geum-hae ju-si-gi ba-ram-ni-da]
請您不要吸菸。

08 천천히 나가 주시기 바랍니다 .
[cheon-cheo-ni na-ga ju-si-gi ba-ram-ni-da]
請您慢慢走出去。

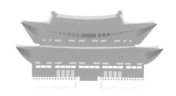

08 | # 사진 찍기

▶▶ MP3-66

[sa-jin jjik-kki] 拍照

· ·

01 | 자 , 사진 찍을게요 .
[ja, sa-jin jji-geul-kke-yo]
來，要拍照了。

02 | 붙어 주세요 .
[bu-teo ju-se-yo]
請您靠近一點。

03 | 모여 주세요 .
[mo-yeo ju-se-yo]
請您集合 .

04 | 잠깐만 비켜 주세요 .
[jam-kkan-man bi-kyeo ju-se-yo]
請您借過一下。

05 | 여기 보세요 . 하나 , 둘 , 셋 !
[yeo-gi bo-se-yo ha-na, dul, set]
看這裡。一、二、三！

06 | 사진 확인해 보세요 .
[sa-jin hwa-gin-hae bo-se-yo]
請您確認照片。

· ·

★ **이렇게 말해 보세요 .** 請這樣説説看。

01. 저 , 사진 좀 찍어 주세요 .
[jeo, sa-jin jom jji-geo ju-se-yo]
不好意思，拜託幫忙拍照。

02. 저 , 사진 좀 찍어 주시겠어요 ?
[jeo, sa-jin jom jji-geo ju-si-ge-sseo-yo]
不好意思，可以幫忙拍照嗎 ？

03. 한 번만 더 찍어 주세요 .
[han beon-man deo jji-geo ju-se-yo]
請您再拍一次。

04. 제가 찍어 드릴까요 ?
[je-ga jji-geo deu-ril-kka-yo]
我來幫您拍照嗎 ？

05. 다시 찍어 드릴까요 ?
[da-si jji-geo deu-ril-kka-yo]
再拍一次嗎 ？

06. 셀카로 찍어요 .
[sel-ka-ro jji-geo-yo]
自拍。

07 | **카메라봉으로 찍어요 .**
[ka-me-ra-bong-eu-ro jji-geo-yo]
用自拍棒拍照。

08 | **동영상으로 찍어요 .**
[dong-yeong-sang-eu-ro jji-geo-yo]
拍成影片。

01 시장에서

▶▶ MP3-67

[si-jang-e-seo] 在市場

- -

01 아저씨 , 저거 어떻게 해요 ?

[a-jeo-ssi, jeo-geo eo-tteo-ke hae-yo]
大叔，那個怎麼賣？

02 아줌마 , 이거 얼마예요 ?

[a-jum-ma, i-geo eol-ma-ye-yo?]
阿姨，這個多少錢？

03 사장님 , 좀 깎아 주세요 .

[sa-jang-nim, jom kka-kka ju-se-yo]
老闆，請您便宜一點。

04 사장님 , 좀 싸게 해 주세요 .

[sa-jang-nim, jom ssa-ge hae ju-se-yo]
老闆，請您算給我便宜一點。

05 너무 비싸요 .

[neo-mu bi-ssa-yo]
太貴了。

06 아주 싸요 .

[a-ju ssa-yo]
很便宜。

- -

⭐ **이렇게 말해 보세요 .** 請這樣說説看。

01 | 이 사과 한 개에 얼마예요 ?

[i sa-gwa han gae-e eol-ma-ye-yo]

這蘋果一個多少錢 ?

02 | 이 배 한 개에 얼마예요 ?

[i bae han gae-e eol-ma-ye-yo]

這梨子一個多少錢 ?

03 | 이 김 한 봉지에 얼마예요 ?

[i gim han bong-ji-e eol-ma-ye-yo]

這海苔一包多少錢 ?

04 | 이 수박 한 통에 얼마예요 ?

[i su-bak han tong-e eol-ma-ye-yo]

這西瓜一顆多少錢 ?

05 | 저 사과 한 상자에 얼마예요 ?

[jeo sa-gwa han sang-ja-e eol-ma-ye-yo]

那蘋果一箱多少錢 ?

06 | 저 딸기 한 팩에 얼마예요 ?

[jeo ttal-gi han pae-ge eol-ma-ye-yo]

那草莓一盒多少錢 ?

07 그 귤 한 바구니에 얼마예요 ?

[geu gyul han ba-gu-ni-e eol-ma-ye-yo]
那橘子一籃多少錢？

08 그 인삼 한 근에 얼마예요 ?

[geu in-sam han geu-ne eol-ma-ye-yo]
那人蔘一斤多少錢？

02 편의점에서

▶▶ MP3-68

[pyeo-ni-jeo-me-seo] 在便利商店

01 | 이거 계산해 주세요 .

[i-geo gye-san-hae ju-se-yo]

這個請幫我結帳。

02 | 모두 얼마예요 ?

[mo-du eol-ma-ye-yo]

總共多少錢？

03 | 비닐봉지 필요하세요 ?

[bi-nil-bong-ji pi-ryo-ha-se-yo]

需要塑膠袋嗎？

04 | 비닐봉지 주세요 .

[bi-nil-bong-ji ju-se-yo]

請給我塑膠袋。

05 | 전자레인지는 저쪽에 있습니다 .

[jeon-ja-re-in-ji-neun jeo-jjo-ge it-sseum-ni-da]

微波爐在那邊。

06 | 뜨거운 물은 저쪽에 있습니다 .

[tteu-geo-un mu-reun jeo-jjo-ge it-sseum-ni-da]

熱水在那邊。

★ **이렇게 말해 보세요 .** 請這樣説説看。

01 **빨대 한 개만 주세요 .**
[ppal-ttae han gae-man ju-se-yo]
請給我一條支吸管。

02 **일회용 숟가락 한 개만 주세요 .**
[il-hoe-yong sut-kka-rak han gae-man ju-se-yo]
請給我一個免洗湯匙。

03 **나무젓가락 한 개만 주세요 .**
[na-mu-jeot-kka-rak han gae-man ju-se-yo]
請給我一雙筷子。

04 **담배 한 갑만 주세요 .**
[dam-bae han gam-man ju-se-yo]
請給我一盒菸。

05 **신분증 좀 보여 주세요 .**
[sin-bun-jeung jom bo-yeo ju-se-yo]
請您給我看一下身分證。

06 **병뚜껑 좀 따 주세요 .**
[byeong-ttu-kkeong jom tta ju-se-yo]
請您幫我開一下瓶蓋。

07 | 이거 좀 데워 주세요.

[i-geo jom de-wo ju-se-yo]

請幫我加熱一下這個。

08 | 이거 좀 버려 주세요.

[i-geo jom beo-ryeo ju-se-yo]

請幫我丟一下這個。

03 마트에서

[ma-teu-e-seo] 在大賣場

이거 유통기한이 언제까지예요 ?

[i-geo yu-tong-gi-ha-ni eon-je-kka-ji-ye-yo]

這個保存期限到什麼時候？

유통기한은 시 월 십 일까지입니다 .

[yu-tong-gi-ha-neun si wol si bil-kka-ji-im-ni-da]

保存期限是到十月十日。

이거 세금 환급 받을 수 있어요 ?

[i-geo se-geum hwan-geup ba-deul ssu i-sseo-yo]

這個可以退稅嗎？

세금 환급 신청서 좀 작성해 주세요 .

[e-geum hwan-geup sin-cheong-seo jom jak-sseong-hae ju-se-yo]

請您填寫退稅申請書。

영수증 주세요 .

[yeong-su-jeung ju-se-yo]

請給我收據。

영수증 받으세요 .

[yeong-su-jeung ba-deu-se-yo]

請您收下收據。

★ **이렇게 말해 보세요** . 請這樣説説看。

. . . .

01 | 김은 어느 쪽에 있어요 ?

[gi-meun eo-neu jjo-ge i-sseo-yo]

海苔在哪一邊 ?

02 | 라면은 어느 쪽에 있어요 ?

[la-myeo-neun eo-neu jjo-ge i-sseo-yo]

泡麵在哪一邊 ?

03 | 생활용품은 어느 쪽에 있어요 ?

[saeng-hwa-lyong-pu-meun eo-neu jjo-ge i-sseo-yo]

生活用品在哪一邊 ?

04 | 과자는 이쪽에 있어요 .

[gwa-ja-neun i-jjo-ge i-sseo-yo]

餅乾在這邊。

05 | 주류는 저쪽에 있어요 .

[ju-ryu-neun jeo-jjo-ge i-sseo-yo]

酒類在那邊。

06 | 상자는 그쪽에 있어요 .

[sang-ja-neun geu-jjo-ge i-sseo-yo]

箱子在那邊。

. . . .

07 | 어디에서 포장해요 ?

[eo-di-e-seo po-jang-hae-yo]

在哪裡包裝 ?

08 | 어디에서 세금 환급 신청해요 ?

[eo-di-e-seo se-geum hwan-geup sin-cheong-hae-yo]

在哪裡申請退稅 ?

04 로드숍에서

▶▶ MP3-70

[ro-deu-syo-be-seo] 在路邊店家

01 ┃ 한 번 써 보세요 .
[han beon sseo bo-se-yo]
請您試用看看。

02 ┃ 멤버십 카드 있으세요 ?
[mem-beo-sip ka-deu i-sseu-se-yo]
您有會員卡嗎？

03 ┃ 이건 할인 상품이에요 .
[i-geon ha-rin sang-pu-mi-e-yo]
這是折扣活動的商品。

04 ┃ 이건 십 퍼센트 할인 돼요 .
[i-geon sip peo-sen-teu ha-rin doe-yo]
這個有打九折。

05 ┃ 할인해서 만 이천 원입니다 .
[ha-rin-hae-seo man i-cheo nwo-nim-ni-da]
打完折一萬兩千元。

06 ┃ 지금 원 플러스 원 행사하고 있어요 .
[ji-geum won peul-leo-seu won haeng-sa-ha-go i-sseo-yo]
現在進行買一送一活動。

★ **이렇게 말해 보세요 .** 請這樣說說看。

- -

01 기초 화장품 사려고 하는데요 .

[gi-cho hwa-jang-pum sa-ryeo-go ha-neun-de-yo]
打算買基礎化妝品。

02 색조 화장품 사려고 하는데요 .

[saek-jjo hwa-jang-pum sa-ryeo-go ha-neun-de-yo]
打算買彩妝化妝品。

03 이 팩트 이십일 호로 주세요 .

[i-peak-teu i-si-bil ho-ro ju-se-yo]
這氣墊粉餅，請給我 21 號。

04 이 아이라이너 검은색으로 주세요 .

[i a-i-ra-i-neo geo-meun-sae-geu-ro ju-se-yo]
這眼線筆，請給我黑色。

05 이 아이브로우 진한 갈색으로 주세요 .

[i a-i-beu-ro-u jin-han gal-ssae-geu-ro ju-se-yo]
這眉筆，請給我栗褐色。

06 샘플 좀 주세요 .

[saem-peul jom ju-se-yo]
請您給我試用品。

- -

- -

07 | 샘플 드릴게요 .

[saem-peul de-ril-kke-yo]

我給您試用品。

08 | 사은품 드릴게요 .

[sa-eun-pum deu-ril-kke-yo]

我給您贈品。

- -

05 전자상가에서

▶▶ MP3-71

[jeon-ja-sang-ga-e-seo] 在電子商場

- -

01 이게 요즘 유행이에요.

[i-ge yo-jeum yu-haeng-i-e-yo]
這個最近很流行。

02 이게 요즘 잘 나가요.

[i-ge yo-jeum jal na-ga-yo]
這個最近很搶手。

03 이게 요즘 잘 팔려요.

[i-ge yo-jeum jal pal-lyeo-yo]
這個最近很熱銷。

04 최저가 보장해 드립니다.

[choe-jeo-kka bo-jang-hae deu-rim-ni-da]
保證最低價。

05 지금은 재고가 없어요.

[ji-geu-meun jae-go-ga eop-sseo-yo]
現在沒有庫存。

06 주문해 드릴까요?

[ju-mun-hae deu-ril-kka-yo]
要幫您訂貨嗎?

- -

★ **이렇게 말해 보세요 .** 請這樣說説看。

. . . .

01 | 이건 어떠세요
[i-geon eo-tteo-se-yo]
這個怎麼樣？

02 | 어떤 제품을 찾으세요 ?
[eo-tteon je-pu-meul cha-jeu-se-yo]
您在找什麼產品？

03 | 최신형으로 보여 주세요 .
[choe-sin-hyeong-eu-ro bo-yeo ju-se-yo]
請給我看一下最新產品。

04 | 중고로 보여 주세요 .
[jung-go-ro bo-yeo ju-se-yo]
請給我看一下二手產品。

05 | 중저가로 보여 주세요 .
[jung-jeo-kka-ro bo-yeo ju-se-yo]
請給我看一下中低價產品。

06 | 이건 전압 백십 볼트용이에요 .
[i-geon jeo-nap baek-ssip bol-teu-yong-i-e-yo]
這是電壓 110 伏特用的。

. . . .

07 이건 전압 이백이십 볼트용이에요 .
[i-geon jeo-nap i-bae-gi-sip bol-teu-yong-i-e-yo]
這是電壓 220 伏特用的。

08 이건 백십 볼트하고 이백이십 볼트
겸용이에요 .
[i-geon baek-ssip bol-teu-ha-go i-bae-gi-sip bol-teu gyeo-
myong-i-e-yo]
這是 110 伏特和 220 伏特兩用的。

06 | 기념품 가게에서

▶▶ MP3-72

[gi-nyeom-pum ga-ge-e-seo] 在紀念品店

- -

01 | 특별히 찾으시는 거 있으세요 ?

[teuk-ppyeol-hi cha-jeu-si-neun geo i-sseu-se-yo]

有特別在找的東西嗎 ?

02 | 친구들 선물용으로 뭐가 좋을까요 ?

[chin-gu-deul seon-mul-yong-eu-ro mwo-ga jo-eul-kka-yo]

送朋友們的禮物，那些比較好呢 ?

03 | 이게 인기 상품이에요 .

[i-ge in-kki sang-pu-mi-e-yo]

這是人氣商品。

04 | 이게 판매 일 위 상품이에요 .

[i-ge pan-mae i rwi sang-pu-mi-e-yo]

這是銷售第一名的商品。

05 | 이건 이 지역 특산품이에요 .

[i-geon i ji-yeok teuk-ssan-pu-mi-e-yo]

這是這地方的特產。

06 | 이건 한정판이에요 .

[i-geon han-jeong-pa-ni-e-yo]

這是限定版的。

- -

★ 이렇게 말해 보세요 . 請這樣說說看。

01 ｜ 손님들께서 이걸 많이 찾으세요 .

[son-nim-deul-kke-seo i-geol ma-ni cha-jeu-se-yo]
客人都找這個東西。

02 ｜ 손님들께서 이걸 많이 사 가세요 .

[son-nim-deul-kke-seo i-geol ma-ni sa ga-se-yo]
客人買很多這個東西。

03 ｜ 어른들께서 홍삼을 많이 좋아하세요 .

[eo-reun-deul-kke-seo hong-sa-meul ma-ni jo-a-ha-se-yo]
長輩們很喜歡紅蔘。

04 ｜ 어른들께서 건강식품을 좋아하세요 .

[eo-reun-deul-kke-seo geon-gang-sik-pu-meul jo-a-ha-se-yo]
長輩們很喜歡健康食品。

05 ｜ 이거 서비스로 드릴게요 .

[i-geo seo-bi-seu-ro deu-ril-kke-yo]
我贈送您這個。

06 ｜ 생각해 볼게요 .

[saeng-ga-kae bol-kke-yo]
讓我想一下。

07 **다음에 살게요 .**
[da-eu-me sal-kke-yo]
下次買好了。

08 **다음에 다시 올게요 .**
[da-eu-me da-si ol-kke-yo]
我下次再來吧。

07 백화점에서 ▶▶ MP3-73

[bae-kwa-jeo-me-seo] 在百貨公司

뭘 드릴까요 ?

[mwol deu-ril-kka-yo]
需要什麼 ?

뭘 찾으세요 ?

[mwol cha-jeu-se-yo]
您在找什麼 ?

뭐 필요한 거 있으세요 ?

[mwo pi-ryo-han geo i-sseu-se-yo]
有什麼需要的嗎 ?

그냥 보는 거예요 .

[geu-nyang bo-neun geo-ye-yo]
只是看一看而已 。

사이즈가 어떻게 되세요 ?

[sa-i-jeu-ga eo-tteo-ke doe-se-yo]
您的尺寸是多少 ?

입어 봐도 돼요 ?

[i-beo bwa-do dwae-yo]
可以試穿嗎 ?

⭐ **이렇게 말해 보세요.** 請這樣說說看。

01 | 스몰 사이즈로 보여 주세요.

[seu-mol sa-i-jeu-ro bo-yeo ju-se-yo]

請給我看一下 S 號。

02 | 엠 사이즈로 보여 주세요.

[em sa-i-jeu-ro bo-yeo ju-se-yo]

請給我看一下 M 號。

03 | 라지 사이즈로 보여 주세요.

[la-ji sa-i-jeu-ro bo-yeo ju-se-yo]

請給我看一下 L 號。

04 | 좀 큰 것 같아요.

[jom keun geot kka-ta-yo]

好像有一點大。

05 | 좀 작은 것 같아요.

[jom ja-geun geot kka-ta-yo]

好像有一點小。

06 | 색깔이 너무 진한 것 같아요.

[sae-kka-ri neo-mu jin-han geot kka-ta-yo]

顏色好像太深了。

07 | 색깔이 너무 연한 것 같아요 .

[sae-kka-ri neo-mu yeon-han geot kka-ta-yo]

顏色好像太淺了。

08 | 저한테 안 어울리는 것 같아요 .

[jeo-han-te an eo-ul-li-neun geot kka-ta-yo]

好像不太適合我。

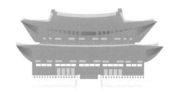

08 면세점에서

▶▶ MP3-74

[myeon-se-jeo-me-seo] 在免稅店

01 선물하실 거예요 ?
[seon-mul-ha-sil kkeo-ye-yo]
您要送人嗎 ?

02 직접 쓰실 거예요 ?
[jik-jjeop sseu-sil kkeo-ye-yo]
您要自己用嗎 ?

03 제가 직접 쓸 거예요 .
[je-ga jik-jjeop sseul kkeo-ye-yo]
我要自己用。

04 친구에게 선물할 거예요 .
[chin-gu-e-ge seon-mul-hal kkeo-ye-yo]
我要送朋友。

05 결제 도와드리겠습니다 .
[gyeol-jje do-wa-deu-ri-get-sseum-ni-da]
我幫您結帳。

06 여권하고 탑승권 주시겠어요 ?
[yeo-kkwon-ha-go tap-sseung-kkwon ju-si-ge-sseo-yo]
請給我護照和登機證。

★ **이렇게 말해 보세요.** 請這樣説説看。

현금으로 결제하시겠어요 ?
[hyeon-geu-meu-ro gyeol-jje-ha-si-ge-sseo-yo]
您要付現金嗎 ?

달러로 결제하시겠어요 ?
[dal-leo-ro gyeol-jje-ha-si-ge-sseo-yo]
您要付美金嗎 ?

카드로 결제하시겠어요 ?
[ka-deu-ro gyeol-jje-ha-si-ge-sseo-yo]
您要刷卡嗎 ?

할부로 하시겠어요 ?
[hal-bu-ro ha-si-ge-sseo-yo]
您要分期嗎 ?

삼 개월 할부로 해 주세요 .
[sam gae-wol hal-bu-ro hae ju-se-yo]
請您幫我（刷卡）分期三個月。

일시불로 해 주세요 .
[il-ssi-bul-lo hae ju-se-yo]
請您幫我（刷卡）一次付清。

· ·

07 | 카드로 할게요 .
　　[ka-deu-ro hal-kke-yo]
　　我要刷卡付款。

08 | 현금으로 할게요 .
　　[hyeon-geu-meu-ro hal-kke-yo]
　　我要現金付款。

· ·

01 분실

▶▶ MP3-75

[bun-sil] 失物

---

01 | 어떡해요 !
[eo-tteo-kae-yo]
怎麼辦 !

02 | 큰일 났어요 !
[keu-nil na-sseo-yo]
出大事了 !

03 | 무슨 일이세요 ?
[mu-seun i-ri-se-yo]
請問有什麼事 ?

04 | 무슨 일 때문에 그러세요 ?
[mu-seun il ttae-mu-ne geu-reo-se-yo]
請問發生了什麼事 ?

05 | 여권이 안 보여요 .
[yeo-kkwo-ni an bo-yeo-yo]
護照不見了 。

06 | 기차표가 안 보여요 .
[gi-cha-pyo-ga an bo-yeo-yo]
火車票不見了 。

★ **이렇게 말해 보세요** . 請這樣說説看。

01 | 돈을 잃어 버렸어요 .
[do-neul i-reo beo-ryeo-sseo-yo]
弄丟了錢。

02 | 지갑을 잃어 버렸어요 .
[ji-ga-beul i-reo beo-ryeo-sseo-yo]
弄丟了錢包。

03 | 신분증을 잃어 버렸어요 .
[sin-bun-jeung-eul i-reo beo-ryeo-sseo-yo]
弄丟了身分證。

04 | 신용카드를 잃어 버렸어요 .
[si-nyong-ka-deu-reul i-reo beo-ryeo-sseo-yo]
弄丟了信用卡。

05 | 룸키를 분실했어요 .
[rum-ki-reul bun-sil-hae-sseo-yo]
弄丟了房卡。

06 | 아이패드를 분실했어요 .
[a-i-pae-deu-reul bun-sil-hae-sseo-yo]
弄丟了 i-Pad。

07. 노트북을 분실했어요 .
[no-teu-bu-geul bun-sil-hae-sseo-yo]
弄丟了筆電。

08. 핸드폰을 분실했어요 .
[haen-deu-po-neul bun-sil-hae-sseo-yo]
弄丟了手機。

02 | 길 잃음

▶▶ MP3-76

[gil i-reum] 迷路

· ·

01 | 길을 잃었어요 .
[gi-reul i-reo-sseo-yo]
迷路了。

02 | 여기가 어디예요 ?
[yeo-gi-ga eo-di-ye-yo]
這裡是哪裡？

03 | 여기가 어디쯤이에요 ?
[yeo-gi-ga eo-di-jjeu-mi-e-yo]
這裡大概是在哪裡？

04 | 이 지역 이름이 뭐예요 ?
[i ji-yeok i-reu-mi mwo-ye-yo]
這地方叫什麼？

05 | 일행을 놓쳤어요 .
[il-haeng-eul no-chyeo-sseo-yo]
弄丟了同行的人。

06 | 일행을 못 찾겠어요 .
[il-haeng-eul mot chat-kke-sseo-yo]
找不到同行的人。

· ·

✷ **이렇게 말해 보세요 .** 請這樣說說看。

01 **아이를 잃어 버렸어요 .**
[a-i-reul i-reo beo-ryeo-sseo-yo]
弄丟了小孩。

02 **친구를 잃어 버렸어요 .**
[chin-gu-reul i-reo beo-ryeo-sseo-yo]
弄丟了朋友。

03 **우리 여행팀을 잃어 버렸어요 .**
[u-ri yeo-haeng-ti-meul i-reo beo-ryeo-sseo-yo]
弄丟了我們旅行團。

04 **방향감각을 잃어 버렸어요 .**
[bang-hyang-gam-ga-geul i-reo beo-ryeo-sseo-yo]
失去了方向感。

05 **저 , 길 좀 알려 주세요 .**
[jeo, gil jom al-lyeo ju-se-yo]
不好意思，請您告訴我怎麼走。

06 **사람 좀 찾아 주세요 .**
[sa-ram jom cha-ja ju-se-yo]
請您幫我找人。

07 | **안내방송 좀 해 주세요 .**

[an-nae-bang-song jom hae ju-se-yo]

請您幫我廣播。

08 | **가까운 경찰서에 좀 데려다 주세요 .**

[ga-kka-un gyeong-chal-sseo-e jom de-ryeo-da ju-se-yo]

請您帶我去附近的警察局。

03 길 묻기

▶▶ MP3-77

[gil mut-kki] 問路

저 , 말씀 좀 묻겠습니다 .

[jeo, mal-sseum jom mut-kket-sseum-ni-da]

不好意思，請問一下。

여기에 어떻게 가요 ?

[yeo-gi-e eo-tteo-ke ga-yo]

這裡怎麼走？

지하철역에 어떻게 가요 ?

[ji-ha-cheol-lyeo-ge eo-tteo-ke ga-yo]

地鐵站怎麼走？

경찰서가 어디에 있어요 ?

[gyeong-chal-seo-ga eo-di-e i-sseo-yo]

警察局在哪裡？

약국이 어디에 있어요 ?

[yak-kku-gi eo-di-e i-sseo-yo]

藥局在哪裡？

저기에 있어요 .

[jeo-gi-e i-sseo-yo]

在那裡。

★ **이렇게 말해 보세요.** 請這樣說說看。

01 | 저기 앞에 있어요.
   [jeo-gi a-pe i-sseo-yo]
   在那前面。

02 | 저기 뒤에 있어요.
   [jeo-gi dwi-e i-sseo-yo]
   在那後面。

03 | 저기 옆에 있어요.
   [jeo-gi yeo-pe i-sseo-yo]
   在那旁邊。

04 | 왼쪽으로 쭉 가세요.
   [oen-jjo-geu-ro jjuk ga-se-yo]
   請您往左邊直走。

05 | 오른쪽으로 쭉 가세요.
   [o-reun-jjo-geu-ro jjuk ga-se-yo]
   請您往右邊直走。

06 | 이쪽으로 쭉 가세요.
   [i-jjo-geu-ro jjuk ga-se-yo]
   請您往這邊直走。

07 | 저쪽으로 쭉 가세요 .

[jeo-jjo-geu-ro jjuk ga-se-yo]
請您往那邊直走。

08 | 길을 건너가세요 .

[gi-reul geon-neo-ga-se-yo]
請您過馬路。

04 병

▶▶ MP3-78

[byeong] 病狀

01 | 계속 설사를 해요 .
[gye-sok seol-ssa-reul hae-yo]
一直拉肚子。

02 | 열이 나요 .
[yeo-ri na-yo]
發燒。

03 | 기침이 심해요 .
[gi-chi-mi sim-hae-yo]
咳嗽很嚴重。

04 | 감기에 걸렸어요 .
[gam-gi-e geol-lyeo-sseo-yo]
得感冒了。

05 | 상처가 심해요 .
[sang-cheo-ga sim-hae-yo]
傷口很嚴重。

06 | 이 약을 드세요 .
[i ya-geul deu-se-yo]
請您吃這藥。

★ **이렇게 말해 보세요 .** 請這樣說說看。

01 | **어디가 아프세요 ?**

[eo-di-ga a-peu-se-yo]
您哪裡不舒服？

02 | **머리가 아파요 .**

[meo-ri-ga a-pa-yo]
頭痛。

03 | **배가 아파요 .**

[bae-ga a-pa-yo]
肚子痛。

04 | **목이 아파요 .**

[mo-gi a-pa-yo]
脖子痛。

05 | **손을 다쳤어요 .**

[so-neul da-chyeo-sseo-yo]
手受傷了。

06 | **손가락을 다쳤어요 .**

[son-ga-ra-geul da-chyeo-sseo-yo]
手指受傷了。

07 | 발을 다쳤어요.
[ba-reul da-chyeo-sseo-yo]
腳受傷了。

08 | 다리를 다쳤어요.
[da-ri-reul da-chyeo-sseo-yo]
腿受傷了。

05 사고

▶▶ MP3-79

[sa-go] 事故

. . . .

01 | 불이야 !
[bu-ri-ya]
著火了 !

02 | 불이 났어요 .
[bu-ri na-sseo-yo]
失火了。

03 | 사람이 차에 치였어요 .
[sa-ra-mi cha-e chi-yeo-sseo-yo]
人被車撞到了。

04 | 사람이 물에 빠졌어요 .
[sa-ra-mi mu-re ppa-jyeo-sseo-yo]
人掉進水裡了。

05 | 사람이 쓰러졌어요 .
[sa-ra-mi sseu-reo-jyeo-sseo-yo]
人昏倒了。

06 | 지갑을 도둑 맞았어요 .
[ji-ga-beul do-duk ma-ja-sseo-yo]
錢包被偷了。

. . . .

★ **이렇게 말해 보세요.** 請這樣説説看。

01 | 사람 살려 !
[sa-ram sal-lyeo]
救命啊!

02 | 살려 주세요 !
[sal-lyeo ju-se-yo]
拜託救命!

03 | 도와 주세요 !
[do-wa ju-se-yo]
拜託請幫忙!

04 | 빨리 와 주세요 .
[ppal-li wa ju-se-yo]
拜託您快點來。

05 | 구급차 좀 불러 주세요 .
[gu-geup-cha jom bul-leo ju-se-yo]
拜託您叫救護車。

06 | 시피알 (CPR) 좀 해 주세요 .
[si-pi-al jom hae ju-se-yo]
拜託您做心肺復甦術。

07 경찰서에 신고 좀 해 주세요 .
[gyeong-chal-sseo-e sin-go jom hae ju-se-yo]
拜託您向警察局報警。

08 소방서에 신고 좀 해 주세요 .
[so-bang-seo-e sin-go jom hae-ju-se-yo]
拜託您向消防局報警。

06 싸움

▶▶ MP3-80

[ssa-um] 爭吵

- -

01. 왜 이러세요 !
[wae i-reo-se-yo]
您為何這樣 !

02. 지금 뭐 하시는 거예요 ?
[ji-geum mwo ha-si-neun geo-ye-yo]
您在做什麼呀 ?

03. 지금 어딜 만져요 ?!
[ji-geum eo-dil man-jyeo-yo]
你在摸哪裡 ? !

04. 오해예요 .
[o-hae-ye-yo]
是誤會。

05. 지금 장난해요 ?
[ji-geum jang-nan-hae-yo]
在開玩笑嗎 ?

06. 저 사람이 자꾸 따라와요 .
[jeo sa-ra-mi ja-kku tta-ra-wa-yo]
那個人一直跟我。

- -

07 | 사람들이 싸우고 있어요 .

[sa-ram-deu-ri ssa-u-go i-sseo-yo]

人們在吵架。

08 | 참으세요 .

[cha-meu-se-yo]

請您忍一下。

★ **이렇게 말해 보세요 .** 請這樣說說看。

. . . .

01 | 싸우지 마세요 .

[ssa-u-ji ma-se-yo]
請您別吵架。

02 | 거짓말하지 마세요 .

[geo-jin-mal-ha-ji ma-se-yo]
請您別說謊。

03 | 농담하지 마세요 .

[nong-dam-ha-ji ma-se-yo]
請您別開玩笑。

04 | 오해하지 마세요 .

[o-hae-ha-ji ma-se-yo]
請您別誤會。

05 | 욕하지 마세요 .

[yo-ka-ji ma-se-yo]
請您別說髒話。

06 | 때리지 마세요 .

[ttae-ri-ji ma-se-yo]
請您別打了。

. . . .

07 제 몸에 손 대지 마세요 .
[je mo-me son dae-ji ma-se-yo]
請您別碰我的身體。

08 제 물건에 손 대지 마세요 .
[je mul-geo-ne son dae-ji ma-se-yo]
請您別碰我的物品。

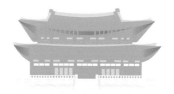

07 화해 ▶▶ MP3-81

[hwa-hae] 和解

. . . .

01 | 진정하세요 .
[jin-jeong-ha-se-yo]
請您鎮定一下。

02 | 용서해 주세요 .
[yong-seo-hae ju-se-yo]
請您原諒一下。

03 | 제가 오해했어요 .
[je-ga o-hae-hae-sseo-yo]
我誤會了

04 | 그만 화해하세요 .
[geu-man hwa-hae-ha-se-yo]
請您和解一下。

05 | 우리 화해해요 .
[u-ri hwa-hae-hae-yo]
我們和解一下。

06 | 이미 화해했어요 .
[i-mi hwa-hae-hae-sseo-yo]
已經和解了。

. . . .

★ **이렇게 말해 보세요 .** 請這樣說說看。

- -

01 | **사과하세요 .**
[sa-gwa-ha-se-yo]
請您道歉。

02 | **사과하겠습니다 .**
[sa-gwa-ha-get-sseum-ni-da]
我向您道歉。

03 | **죄송합니다 .**
[joe-song-ham-ni-da]
抱歉。

04 | **미안합니다 .**
[mi-an-ham-ni-da]
對不起。

05 | **제 실수예요 .**
[je sil-ssu-ye-yo]
是我的錯。

06 | **제가 잘못했습니다 .**
[je-ga jal-mo-taet-sseum-ni-da]
我犯錯了。

- -

07 ┃ 배상하겠습니다 .

[bae-sang-ha-get-sseum-ni-da]

我會賠償。

08 ┃ 사과를 받아드리겠습니다 .

[sa-gwa-reul ba-da-deu-ri-get-sseum-ni-da]

我接受你的道歉。

08 부탁

▶▶ MP3-82

[bu-tak] 請託

01 좀 부탁합니다 .
[jom bu-ta-kam-ni-da]
拜託一下

02 저 , 부탁 좀 해도 될까요 ?
[jeo, bu-tak jom hae-do doel-kka-yo]
不好意思，可以幫我個忙嗎？

03 저 , 부탁 좀 드려도 될까요 ?
[jeo, bu-tak jom deu-ryeo-do doel-kka-yo]
不好意思，可以請您幫個忙嗎？

04 무슨 부탁인데요 ?
[mu-seun bu-ta-gin-de-yo]
是什麼樣的拜託呢？

05 무슨 일인데요 ?
[mu-seun i-rin-de-yo]
是什麼事呢？

06 그 부탁은 좀 힘들겠는데요 .
[geu bu-ta-geun jom him-deul-gen-neun-de-yo]
那請求有一點困難啊。

★ **이렇게 말해 보세요 .** 請這樣說說看。

01 | 저 , 사진 좀 찍어 주세요 .
[jeo, sa-jin jom jji-geo ju-se-yo]
不好意思，拜託您幫忙拍照。

02 | 저 , 콜택시 좀 불러 주세요 .
[jeo, kol-taek-ssi jom bul-leo ju-se-yo]
不好意思，拜託您幫忙叫計程車。

03 | 저 , 돈 좀 빌려 주세요 .
[jeo, don jom bil-lyeo ju-se-yo]
不好意思，拜託您借我錢。

04 | 저 , 동전 좀 빌려 주세요 .
[jeo, dong-jeon jom bil-lyeo ju-se-yo]
不好意思，拜託您借我零錢。

05 | 저 , 동전 좀 바꿔 주세요 .
[jeo, dong-jeon jom ba-kkwo ju-se-yo]
不好意思，拜託您換零錢給我。

06 | 저 , 핸드폰 좀 빌려 주세요 .
[jeo, haen-deu-pon jom bil-lyeo ju-se-yo]
不好意思，拜託您幫忙借我手機。

07 | 저 , 죄송한데 전화 좀 빌릴 수 있을까요 ?
[jeo, joe-song-han-de jeon-hwa jom bil-lil ssu i-sseul-kka-yo]
不好意思，拜託您幫忙借我電話好嗎 ?

08 | 저 , 죄송한데 차비 좀 빌릴 수 있을까요 ?
[jeo, joe-song-han-de cha-bi jom bil-lil ssu i-sseul-kka-yo]
不好意思，拜託您幫忙借我車錢好嗎 ?

附 錄

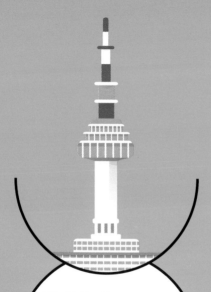

導遊為你準備的
旅遊指南

韓國的 1 個特別市及 6 個廣域市

서울 首爾

인천 仁川

대전 大田

대구 大邱

울산 蔚山

광주 光州

부산 釜山

★ 韓國的行政區區域地圖

　　韓國的行政區可劃分為 1 個特別市（특별시）、1 個特別自治市（특별자치시）、各超過 100 萬人口的 6 個廣域市（광역시）、8 個道（도）以及 1 個特別自治道（특별자치도）。一級行政區稱為「廣域自治團體」（광역자치단체），共有 17 個；廣域自治團體以下則為二級行政區，稱為「基礎自治團體」（기초자치단체），包含了各超過 5 萬人口的 73 個自治市（자치시）、86 個郡（군）、69 個自治區（자치구）。基礎自治團體之下還可分為面（면）、邑（읍）、洞（동）；之後再分為里（리）、統（통）以及最基層的班（반）。

1 個特別自治市

| 서울특별시　**首爾特別市（京畿道）**
[seo-ul-teuk-byeol-si]

　　韓國的首都，正式的名稱為首爾特別市，在 2005 年以前中文舊名為「漢城」。現在首爾的位置就是最早期首都的位址，公元前 18 年，朝鮮三國時期的「百濟」首先定都於此地，經過高句麗和新羅的統治，之後成為高麗王朝的南京，在 1303 年高麗忠烈王將名稱

改為「漢陽」。直到 1394 年，朝鮮國王李成桂遷都漢陽並將之改名為漢城，1946 年 8 月 15 日把日本強佔時期的「京城府」改為「首爾」。第二次世界大戰之後至亞洲金融危機，首爾經濟快速恢復和發展，一度創造了「漢江奇蹟」，並出現了三星、現代等大型跨國公司。是韓國經濟、科技及文化的重鎮，也是韓國最大、最先進的城市。目前人口約 977 萬人。

6 個廣域市

부산광역시　釜山廣域市（慶尚南道）
[bu-san-gwang-yeok-si]

　　韓國的第二大都市，有韓國最大的港口——釜山港（부산항），同時也是全球排名第五大港。釜山被稱為大海、高山、大河和諧相融的「三抱之鄉」，而釜山最著名的海灘之一「海雲台」（해운대），更是「釜山國際影展」（Busan International Film Festival）的主會場。目前人口約 344 萬人。

인천광역시　仁川廣域市（京畿道）
[in-cheon-gwang-yeok-si]

　　韓國的第三大城市，位在首爾西部約 40 公里，與首爾間有「首都圈電鐵」連結。有韓國的第二大港「仁

川港」，更有韓國最大的國際機場「仁川國際機場」，在 2014 年曾承辦亞運。目前人口約 295 萬人。

대구광역시　**大邱廣域市（慶尚北道）**
[dae-gu-gwang-yeok-si]

　　韓國的第四大城市，位在首爾西部約 40 公里，與首爾間有「首都圈電鐵」連結。有韓國的第二大港「仁川港」，更有韓國最大的國際機場「仁川國際機場」，在 2014 年曾承辦亞運。目前人口約 246 萬人。

대전광역시　**大田廣域市（忠清北道）**
[dae-jeon-gwang-yeok-si]

　　韓國的第五大城，同時是韓國的科技中心，許多研究機構如「韓國科學技術院」（KAIST）、「韓國電子通信研究院」（ETRI）、「韓國航空宇宙研究院」（KARI）都位在此地。目前人口約 150 萬人。

광주광역시　**光州廣域市（全羅南道）**
[gwang-ju-gwang-yeok-si]

　　以泡菜聞名的光州，是韓國的第六大城市。每年 10 月中旬會舉辦「光州世界泡菜文化節」，文化節分為「觀賞慶典」和「體驗慶典」。目前人口約 146 萬人。

울산광역시　蔚山廣域市（慶尚南道）
[ul-san-gwang-yeok-si]

　　蔚山是韓國的重工業城市，也是韓國現代集團的基地，產業包括石油精煉、化肥、汽車製造、造船業、核電等。1962 年造船港口「方魚津」（팡어진）也被併入蔚山。目前人口約 115 萬人。

韓國的 8 個道、1 個特別自治道及 1 個特別自治市

8 個道

| 경기도 | **京畿道**
[gyeong-gi-do]

　　首府為水原市（**수원시**），北鄰北韓 38 度線，東臨江原道，首都首爾及仁川都位在此地。因受首爾衛星城（大城市周圍的小城市）新城市開發影響，許多「郡」都升等為「市」。目前人口為 1,202 萬人。

| 강원도 | **江原道**
[gang-won-do]

　　首府為春川市（**춘천시**），北鄰韓半島非武裝地帶（**한반도 비무장지대**），也就是 DMZ（Korean Demilitarized Zone）。江原道北緯 38 度線以北區域屬北韓領土。江原道境內有雪嶽山國家公園、五臺山國家公園及雉岳山國家公園，除此之外，2018 年舉辦平昌冬季奧運，這裡有多達 9 處滑雪度假村，是韓國的滑雪勝地。目前人口約 154 萬人。

충청북도 **忠清北道**
[chung-cheong-buk-do]

　　首府為清州市（청주시），自古在中部文化發展就十分發達。清州市是聯合國教科文組織世界記憶項目現存世界上最古老的金屬活字本《直指心體要節》的發祥地，也是聯合國教科文組織國際記憶遺產中心（ICDH）未來的所在地。月岳山國立公園、小白山國立公園、俗離山國立公園、丹陽八景、忠州湖、大清湖、椒井泉水、總統別墅青南臺等都位於忠清北道。目前人口約 159 萬人。

충청남도 **忠清南道**
[chung-cheong-nam-do]

　　首府為洪城郡（홍성군）。忠清南道是南韓海拔最低的地區，平均海拔約 100 米。農林水產業是忠清南道的傳統支柱產業，同時有著天然的水產養殖有利條件。工業主要分布在天安、公州、論山、長項等地區。世界遺產「百濟歷史遺跡地區」中所包含的 8 個對象中，公山城、宋山里古墳群、扶蘇山城與官北里遺跡、定林寺址、陵山里古墳群以及扶餘羅城等 6 個均位於忠清南道境內。目前人口約 212 萬人。

전라북도 全羅北道
[jeol-la-buk-do]

首府為全州市（**전주시**），是韓國汽車與造船業基地。韓國國內 90% 的商用車產自此地。現代重工（**현대중공업**）和群山造船所（**군산조선소**）等世界級造船企業在此建有工廠和研發機構，而且群山是新萬金開拓事業的中心地。新萬金海堤是全世界最常的海堤，全長 33.9 公里。這裡亦是韓國碳產業的先驅，擁有韓國首條碳纖維生產設施。這裡同時是韓屋、韓紙、韓食、盤索里等韓國傳統文化的中心。全州韓屋村是國際慢城聯盟（Cittaslow International）指定的慢城之一。全州拌飯和韓定食是代表性的韓國料理，也是聯合國教科文組織指定的美食城市之一。目前人口約 183 萬人。

전라남도 全羅南道
[jeol-la-nam-do]

首府為務安郡（**무안군**）。全羅南道依山傍海，海岸線曲折漫長，島嶼眾多，有著獨特的地質地貌。其境內分布有多座國立公園，包括韓國最南端的山嶽型國立公園、月出山國立公園，韓國面積最大的國立公園——多島海海上國立公園，以及閑麗海上國立公園（區域跨足慶尚南道）、智異山國立公園（區域跨足慶尚南道）、無等山國立公園。是韓國重要的糧倉之一，水田面積占到全國水田面積的 20%，是韓國水田最多的地區，大米年產量為全國之最。目前人口約 188 萬人。

경상북도 **慶尚北道**
[gyeong-sang-buk-do]

　　首府為安東市（**안동시**）。慶尚北道是韓國文化的代表性地區之一，是充滿新羅佛教文化、花郎和儒生的護國精神與民族文化的地方，而且是新村運動的發祥地。韓國 20% 的文化遺產都位於慶尚北道。境內有慶州國立公園、周王山國立公園、俗離山國立公園、伽倻山國立公園（區域跨足慶尚南道）、月岳山國立公園、小白山國立公園等 6 座韓國國立公園和 3 項聯合國教科文組織指定的世界文化遺產。目前人口約 267 萬人。

경상남도 **慶尚南道**
[gyeong-sang-nam-do]

　　首府為昌原市（**창원시**）。慶尚南道和釜山廣域市自古就是韓國南部的重要門戶，是伽倻文化的發祥地，每年在金海舉辦伽倻文化節。位於韓國南邊的鎮海，每年 3 月底到 4 月初會舉辦鎮海櫻花節（鎮海軍港節），是賞櫻花的浪漫景點，並入選 CNN 韓國必訪 50 景點之一。境內分布有閑麗海上國立公園、智異山國立公園、德裕山國立公園、伽倻山國立公園等 4 座韓國國立公園。位於臨近釜山廣域市的金海國際機場是韓國的第二大機場。目前人口約 337 萬人。

1 個特別自治道

제주특별자치도　**濟州特別自治道**
[je-ju-teuk-byeol-ja-chi-do]

　　首府是濟州市（제주시），是韓國西南部的島嶼地方行政區，由濟州島及其附屬島嶼組成。濟州道是韓國最大的旅遊度假勝地，「濟州十景」又稱「瀛洲十景」包括「城山日出」、「紗峰落照」、「瀛丘春花」、「正房夏瀑」、「橘林秋色」、「綠潭晚雪」、「靈室奇岩」、「山房窟寺」、「山浦釣魚」、「古藪牧馬」。濟州火山島和熔岩洞，於 2007 年入選聯合國教科文組織世界自然遺產名錄，於 2016 年「濟州海女文化」也入選為世界無形遺產。濟州道交通便利，從首爾搭乘飛機只需 1 個小時就可到達。以濟州機場為起點，乘車可在 1 個小時內到達道內任何地方。由於是韓國最大的旅遊度假勝地，政府對會導致環境污染的工業部門控制嚴格。除了農水產品加工業外，濟州道整個工業部門都很薄弱。目前人口約 66 萬人。

1 個特別自治市

| 세종특별자치시 | **世宗特別自治市** |
[se-jong-teuk-byeol-ja-chi-si]

　　簡稱世宗市，是韓國唯一的特別自治市，成立於
2012 年 7 月 1 日，位於忠清南道燕岐郡與公州市交界處。
　　韓國前總統盧武鉉在總統期間制定了「行政中心
城市計劃」，將規劃興建新都市取代首爾，成為韓國
實質上的行政首都，並於其後以朝鮮世宗命名。韓國
官員表示，韓國政府選擇以「世宗」此命名新行政首
都，將有助於進一步增強韓國公民的民族自豪感。惟
李明博接任總統後，因為計劃受到質疑而廢止，實際
上變更為雙首都模式。世宗市的行政建制正式成立後，
總統府、韓國國會、大法院等重要國家機關仍然駐於
首爾，而其他 36 個政府機構則於 2012 年 9 月至 2014
年年底期間陸續播遷至此。預計於 2030 年世宗市人口
可達約 50 萬，目前人口約 31 萬人。

★ 韓國的節日

　　韓國的節日分為「國慶日」、「國旗揭陽日」和「公休日」三種。三一節（3月1日）、制憲節（7月17日）、光復節（8月15日）、開天節（10月3日）和韓文日（10月9日）是韓國的5個「國慶日」。「國慶日」在韓國是指全民共同慶祝的重要節日，與臺灣的國慶日有所區別。根據韓國國旗法，韓國各家各戶和道路兩旁鼓勵在「國慶日」、「顯忠日」（降半旗）和「國軍日」懸掛韓國國旗。其他的韓國節日分別如下。

신정（1月1日：元旦）

　　元旦，也稱為「新正」，為西曆新的一年的第一天。

설날（農曆1月1日：春節）

　　春節，也稱為「慎日」。在韓國會有3天連假（農曆12月30日～1月2日）。這一天會穿上傳統韓服，一早到祠堂或在家中祭拜祖先。這天會吃年糕湯、藥菓，還會玩傳統遊戲。

삼일절（3月1日：三一獨立紀念日）

　　三一獨立紀念日是韓國紀念日佔時期抗日獨立運動。「三一運動」的節日，屬於韓國5大國慶日之一。每年3月1日，韓國都會舉辦各種類型的紀念活動，有些民眾還會舉行反日的遊行示威運動，再次展現出獨立萬歲運動。

어린이날 (5月5日：兒童節)

兒童節始於朝鮮日治時期的 1923 年 5 月 1 日，是從「兒童節」演變過來的。1927 年起變更在每年的 5 月第一個星期日為紀念日。日佔時期 1937 年兒童節被禁止，解放後，1946 年再次訂定 5 月 5 日為兒童節，1975 年立定為國定假日。這一天，家長們通常會事先準備孩子最想要的禮物，還會帶孩子去公園、動物園或者其他遊樂設施，讓孩子開心地度過假日。

석가탄신일 (農曆 4 月 8 日：釋迦誕辰日)

釋迦誕辰日，意思是「釋迦佛生日」，或者稱為「佛降生日」，意思是「佛來的日子」。在佛誕的農曆月份，在佛寺和街道上會掛滿蓮花燈籠來慶祝釋迦佛的誕生，迎接佛誕日前幾天，每個城市的佛教徒舉行燃燈節遊行。

현충일 (6月6日：顯忠日)

顯忠日在 1956 年被訂定為國定假日，是為了悼念為國戰死的將士及殉國先烈所訂定的紀念日。從那年起，每年的 6 月 6 日都會在國立首爾顯忠院舉行追悼儀式，政府機官也會降半旗，上午 10 點會全國鳴笛默哀 1 分鐘。

광복절 (8 月 15 日：光復節)

　　光復節，是為了紀念 1945 年 8 月 15 日第二次世界大戰抗日勝利，紀念朝鮮解放的日子，同樣是韓國 5 大國慶日之一。3 年後的 1948 年 8 月 15 日，韓國政府成立。1949 年 10 月 1 日起，光復節成為韓國的國定假日。

추석 (農曆 8 月 15 日：中秋節)

　　中秋節，也稱為「秋夕」、「仲秋節」或「嘉俳日」，也是韓國的傳統節日之一。在韓國會有 3 天連假（農曆 8 月 14 日～ 8 月 16 日），有「韓國感恩節」的別稱。這天是團圓的日子，也是掃墓並用新收穫的穀物和果實祭祀先祖的日子。回鄉探親、向親朋戚友送禮，亦是過中秋節的習俗。

개철절 (10 月 3 日：開天節；建國紀念日)

　　開天節，也稱為「民族奠基日」，是為了紀念朝鮮民族最初的國家「檀君朝鮮」建國的日子，也是韓國 5 大國慶日之一。

한글날 (10 月 9 日；韓文日)

　　韓文日，是為了紀念世宗大王在 1446 年農曆 9 月上旬頒布「訓民正音」的日子（西曆 10 月 9 日），在 1945 年韓國政府成立後，將西曆的日期訂定為國定假日。但在 1990 年，政府因韓國企業欲增加工作天數的壓力，將這一天從國定假日改為紀念日。很多民眾和

韓文學會等對政府單位不斷地抗議，而且 1997 年「訓民正音解例本」列入世界紀錄遺產後，韓文不僅只有韓國民眾，更受到世界所有人的矚目，而從 2006 年，又從國定假日指定為國慶日之一。

크리스마스 / 성탄절（12 月 25 日：聖誕節）

聖誕節，是基督教用來紀念耶穌降生的日子，在韓國有大約 1 / 3 人口是基督教徒，因此在韓國聖誕節也是重要的宗教節日之一。

駐韓國台北代表部

地址 03186 首爾市鍾路區世宗大路 149 號
光化門大廈 6F
03186 서울시 종로구 세종대로
149 호광화문빌딩 6 층

電話 (+82-2)399-2780
傳真 (+82-2)730-1294

服務時間 週一～週五
09：00 ～ 12：00 ▶ 13：00 ～ 18：00

領務受理時間 週一～週五
09：00 ～ 12：00 ▶ 13：00 ～ 18：00

急難救助全球 24 小時專線
+886-800-085-095、800-0885-0885

緊急聯絡電話
市話 (+82-2)399-2780
行動電話 82-10-9080-2761
韓國境內直撥 010-9080-2761

駐韓國台北代表部釜山辦事處

地址 48941 釜山廣域市中區中央大路 70 號
東遠產業大樓 9F
48941 부산광역시 중구 중앙대로 70 호
동원산업빌딩 9 층

電話 (+82-51)463-7965
傳真 (+82-51)463-6983

服務時間 週一～週五
09：00 ～ 11：30 ▶ 13：30 ～ 15：30

領務受理時間 週一～週五
09：00 ～ 12：00 ▶ 13：00 ～ 18：00

急難救助全球 24 小時專線
+886-800-085-095、800-0885-088

緊急聯絡電話
市話：(+82-51)710-7966
行動電話：+82-10-4537-7961
韓國境內直撥：010-4537-7961

國家圖書館出版品預行編目資料

韓國導遊教你的旅遊萬用句 / 金佳圓著
-- 初版 -- 臺北市：瑞蘭國際，2018.12
320面；10.4×16.2公分 -- (隨身外語系列；61)
ISBN：978-957-8431-81-2 (平裝附光碟片)
1.韓語 2.旅遊 3.會話

803.288   107020021

隨身外語系列 61

韓國導遊教你的旅遊萬用句

作者｜金佳圓・責任編輯｜潘治婷、王愿琦
校對｜金佳圓、潘治婷、王愿琦

韓語錄音｜孫正一、金佳圓・錄音室｜采漾錄音製作有限公司
封面、版型設計｜劉麗雪・內文排版、地圖繪製｜林士偉

董事長｜張暖彗・社長兼總編輯｜王愿琦

編輯部
副總編輯｜葉仲芸・副主編｜潘治婷
文字編輯｜林珊玉、鄧元婷・特約文字編輯｜楊嘉怡
設計部主任｜余佳憓・美術編輯｜陳如琪

業務部
副理｜楊米琪・組長｜林湲洵・專員｜張毓庭

法律顧問｜海灣國際法律事務所 呂錦峯律師

出版社｜瑞蘭國際有限公司・地址｜台北市大安區安和路一段104號7樓之1
電話｜(02)2700-4625・傳真｜(02)2700-4622・訂購專線｜(02)2700-4625
劃撥帳號｜19914152 瑞蘭國際有限公司
瑞蘭國際網路書城｜www.genki-japan.com.tw

總經銷｜聯合發行股份有限公司・電話｜(02)2917-8022、2917-8042
傳真｜(02)2915-6275、2915-7212・印刷｜科億印刷股份有限公司
出版日期｜2018年12月初版1刷・定價｜320元・ISBN｜978-957-8431-81-2

本書採用環保大豆油墨印製

 瑞蘭國際

瑞蘭國際